しばらく後宮を出ることはできないだろう。
この子と同じように。
それでも、これだけ好きなものに
囲まれて生活できるなら悔いはない。
大昔に里を離れて城に入ったヨト族の
先祖たちも、同じ気持ちだったのかもしれない。
夜は更けていく。
ふさふさの毛並みに顔を埋めながら、
羽は夢を見るのだった。

「さぁ、許しが出たぞ」
「侍女になってもらおうか、羽！」
皇太子・鏡水《ジンシュイ》

「ちょっ」

CONTENTS

後宮の獣使い

~獣をモフモフしたいだけなので、皇太子の溺愛は困ります~

［著］犬見式
［イラスト］羽公

第一章　獣吏誕生

【一】四神の森の少女

この世に特別な生き物なんていないんだよ。

祖母がこの言葉を口にする時は、昔から羽《ユウ》と二人きりになった時だった。

鳥は空を自由に飛び回り、花は色鮮やかに咲き誇り、人は自然を詠《うた》い愛《め》でる。生き様というものは、自分とは違う生き物が在るからこそ生まれる。誰もが決して一人では生きられないのだから、特別なものなどいないというのが祖母の考え方だった。

羽は祖母と二人暮らしだった。

故郷の里は、四神《しじん》の森の中で木々に隠されるように細々と存続している。

市井《しせい》の人々と交流を絶って幾百の年月が経ったのか覚えている者はもういない。人々から消息を忘れられて久しい一族の里である。

その日は、里長が家長を集めて会合を開いている夜だった。

年嵩《としかさ》の祖母と少女の羽は家に残されている。不揃いな木材で建てられた家は、どれだけ補修をしても風の強い日には隙間風《すきまかぜ》が絶えない。

夕餉《ゆうげ》を終えて燭台《しょくだい》に灯をともし、羽は祖母と向かい合う。会合のある日は、祖母が纏《まと》う雰囲気《ふんいき》も普段より真剣みを帯びているように見えた。

「いいかい、羽。決して森から出てはいけないよ」

「どうして?」

村の会合は、市井の人々と交流を持つべきか否《いな》かを話し合うものだ。

祖母が出席を許されていたら、恐らく議論は今よりもさらに紛糾《ふんきゅう》したことだろう。

「ご先祖さまの言いつけは守らなきゃいかん。伝統としきたりには意味があるんだよ」

それは、里の若い衆が真っ向から反対する意見だった。

伝統だのしきたりだの、古くさい考えを守り抜いてどうなるというのか。そんなことを言っている間に里は痩《や》せ細り、いずれ一族の血が途絶えてしまうのではないか、と。若い衆は、そう強く主張してきた。

現に里の大人たちは身分を隠して町で売買をしている。そうしなければ、この里はもはや立ち行かない状態なのだ。

「わしらには警句ばかりが伝わっている。どうしてだめなのか、いったい過去に何があったのか、その経緯は世代を経るにつれて忘れられてしまった。だからって代々伝えられてきたことを無視しちゃいけない。しきたりというのは、経緯を忘れてもなお残るほど大事な決まりごとなんだからね。

わしらは森で暮らし、決して身分を明かしちゃいけないのさ」

本当に大事なことなら、経緯だって忘れられることはないのでは。

羽はそう思うのだが、いつも祖母が真剣な顔で語るので口にはできなかった。

腹を割って話し合える者は里の中で祖母ひとりだけ。

羽にとって両親の顔は記憶になく、物心ついた時から祖母と二人で生きてきた。森の中で生き抜く術《すべ》だけを叩き込まれてきたのだから、森の外で生きる術など今さら知らない。

祖母の言いつけを無視する理由もなく、羽は心穏やかに森の中で生きていこうと心に決めていた。


翌朝の空気はひんやりと穏やかで、里の朝はいつも通り始まった。

話し合いは紛糾したのち、決着がつかないまま先送りになったらしい。

できることなら、難しい話には拘《かか》わらずに生きていきたい。

そう思いながら、羽は今日も森に入っていくのだった。

「想 想《シャンシャン》!」

空に向かって呼びかけると、カラスの鳴き声が返ってきた。

若者が少ない森の中で、羽にとって親しい友だちといえばカラスの想想である。

空を飛ぶことよりも木に留まっていることの方が多いその友だちは、全身の毛が白い。

黒いカラスたちの群れの中で、馴染《なじ》めずにいるところを羽から話しかけて友だちになったのだ。

時おり考えるようにじっと見つめてくる癖《くせ》があり、人の言葉を理解しているのではと思うことがある。

飛んできた想想は、小さな肩に身を寄せるように留まった。

「行こっか」

羽は身軽な体を翻《ひるがえ》して森の中に飛び込んだ。

四肢《しし》は細いが生まれつき運動能力には恵まれている。体つきは少年のようだとも言われるが、成人前の少女などそんなものだろうと羽は思う。

獣にも負けない視力と聴力を持つおかげで、森という広大な庭は、他の獣たちと同様に羽にとっても格好の遊び場だった。

昼間は獣たちと森の中を走り回って遊ぶことが多い。

里の近くに出る獣は、ほとんどが羽の顔見知りだ。

「おはよー」

「お、今日もいい毛並み」

「あれ？　なんか汚れてない？」

すれ違う獣たちに声をかけながら森の中を進んでいく。

最近は森の出口付近にお気に入りの場所がある。

そこには、ひときわ背の高い樹が生えていた。

想想と一緒に大木の枝に座って町の方角を眺めるのが、日々のちょっとした楽しみなのである。葉っぱの隙間から、遠くの町の影がうっすらと見える。時たま風にのって香ばしいにおいがすることもある。きっと町にしかない料理なのだろう。いつか大人になって、やむにやまれず町に出ることがあれば、食べてみるのも悪くないかもしれない。

「想想は森から出たことある？」

言葉を理解しているのかいないのか、想想は唸《うな》るように、くぅぅと鳴いた。

白いカラスは珍しい。

人里に降りれば、よからぬことを考える者の目に留まることもあるだろう。

聞くまでもなかったか。

「君も私と同じだね」

人に伝統やしきたりがあるように、四神の森に棲《す》まう獣たちにも脈々と受け継がれてきたしきたりがあるに違いない。森の外に出てはいけない。きっと、このしきたりは獣たちにとっても同じことなのだ。

この世に特別な生き物はいない。

祖母の教えの意味はまだ分からないが、少なくとも、自分と想想の間に違いはないような気がするのだった。

「はっ」

目を覚ますと、辺りはすっかり暗い。

どうやら枝の上で眠ってしまったらしかった。

薄情なもので、想想はいつの間にか傍からいなくなっている。

「怒られちゃうよ……」

ぼやきながら大木を降りると、想想が飛んできた。

くちばしに赤い花のついた枝をくわえている。肩に乗って枝を押しつけてくるので、羽は想想の頭を撫《な》でてから枝をつまんだ。

「くれるの？　ありがと」

花からは梅のにおいがした。

甘い香りを楽しみながら、夜道を歩いて戻っていく。

夜の森には当然灯りなどない。昔から森で暮らしてきた羽は、獣と同等かそれ以上に夜目も利《き》くのだが、足下が昼間と同じ状態であることは稀《まれ》なので慎重にならざるをえなかった。見た目に同じでも、わずかな時間で急に地面が柔らかくなることがあるのは羽も経験で知っていたのだ。走っているときに足は取られたくない。

ふと、羽は獣道の真ん中で立ち止まった。

獣の遠吠えが聞こえたような気がした。

「聞こえた？」

肩に乗った友人に話しかけてみるが、想想は首をかしげるばかりだった。

今度は聞き逃さないように目を閉じて耳を澄ませる。

夜風が木の葉を揺らす音《ね》の隙間《すきま》から、耳に心地好い響きが聞こえていた。

少し切なそうに響く遠吠えは、夜の孤独を紛《まぎ》らわすような、寄り添える仲間を求めるような、あるいは自分がここにいるのだと訴えかけているようでもあった。

「はじめましての子かな」

恐らくこの時間まで寝過ごさなければ、聞こえることはなかっただろう。遠吠えは町の方からだ。どんなに力強く吠えても森の奥にある里まで届くことはないはずだった。

犬だろうか、狼だろうか。

これだけ力強い声を持っているのだから体も大きいだろう。

きっと全身に豊かな体毛を持っていて、もふもふで…………。

「ふふ……ふふふ……ふふふふ……」

くぅ！

「痛ぁっ！」

想想に頬《ほお》を突《つつ》かれてしまった。

「ちょっと妄想しただけだよ……。どうせ会えないんだしさ」

想想はそっぽを向いた。

「ごめんよ」

謝りながら、赤い花のついた枝を指に挟んで頭を撫でてあげる。わざわざ赤い花を選んで贈ってくれたのだろう。この友人はおしゃれで、ちょっとだけ焼きもち焼きなのだった。

獣たちが寝静まった夜道を進むにつれて、まだ見ぬ友人の遠吠えは夜空に薄れていく。

どうせ会えない子だ。

自分が森を出られないように、切なそうに何かを求める遠吠えの主も、きっと外の世界を知ることはないのだろう。

この子も、同じだ。

心の中で呟《つぶや》いてみると、胸の奥が少しだけ温かくなった。


里に戻ると祖母が夕餉を用意して待っていた。

怒られるものかと思ったが、祖母は「冷めてしまうよ」とだけ言って自分の食事を始めてしまう。

今日は猪肉の山菜汁だ。

森の命に感謝と祈りを捧げて羽も食事を始める。

里の人たちは森の中で獣と共に生きているが、時には命を戴《いただ》くこともある。それを都合の良い考え方だと主張する若い衆もいる。普段は仲良くしているくせに自分が生きるためなら簡単に獣を殺せるのかと。

羽はその考えを正しいとも間違っているとも思わない。

若い衆に限らず、里の先祖たちが同じ問題に気づかなかったはずがないのだ。里の生活が今まで続いていることを思うと、ただ感謝と祈りを捧げて生きていくことしか羽にはできる気がしなかった。

「ねぇ、ばあちゃん。町にも獣っているの？」

山菜汁をすすりながらも、羽の頭の中は森で聞いた遠吠えの主の想像でいっぱいだった。

「森にいるような獣はいないだろうねぇ」

「そうなんだ」

「鳴き声でも聞いたかい？」

「遠吠えが聞こえたんだよね。犬か、狼か……。ずいぶん力強い遠吠えだった」

「だとしたら、それは町じゃないよ」

「あれ、町じゃないの？　遠くに町の影が見えたよ」

「それは四聖城《しせいじょう》だろうね。城下町があるのは、ずいぶん先だからね」

「ああ。じゃあ、あれがお城なんだ」

「羽」

祖母は木の器《うつわ》を床に置いた。

「はい」

「森を出ようとしたね」

「し、してないよ。たまたま森の外が見えただけだから」

「そうかい」

「本当だから」

「城下町に出るなら、別の道がある。お前が大人になったら、案内してやろう。城下町に出なきゃいけないこともあるだろうからね。その時も、決して人に身分を明かしてはいけないよ」

「分かってるよ」

「これは絶対だ。お前自身だけでなく、里のものみんなが巻き込まれる。ゆめゆめ忘れないようにね」

「分かってるって」

小さい頃から耳にたこができるほど聞かされた話だ。それだけ大事なことなんだろうけど、何度も聞かされるにはつまらない話だった。

「町には何しに行くの？」

猪肉の山菜汁からは想像もできないような、昼間に嗅《か》いだ香ばしいにおいを思い出しながら好奇心を口にする。

「そうさねぇ。食べるものがないとき、薬が必要なとき。里にないものが必要になったら、町に降りていくのさ。町にないものを持っていけば交換してもらえるんだよ」

里の大人たちが森を出るとき、いつも獣の毛皮や干した肉を持っていくのは、交換してもらうためだったらしい。

軒《のき》に干してある毛皮を渡せば、美味《おい》しい料理が食べられるのだろうか？

「お城の中を通るの？」

「まさか。四聖城は迂回《うかい》しなければならん」

「あ、そうなんだ」

中を通れるなら遠吠えの主に会っていくのもいいかなと思ったが。

迂回しなければいけないのであれば仕方ない。

「四聖城はね、人が獣と区別なく暮らす場所だった。人が自らを特別ではないのだと戒《いまし》めるための城だったのさ」

祖母のまるで昔話をするような口ぶりが気になる。

「だった？」

「そう、仙人の教えが残っていた頃はね。今では人を特別たらしめる場所さ。人と獣を区別し、人と人さえも区別する。わしらが近づくような場所ではないよ」

「でも、里の中だって長がいるよね。偉い人は特別なんじゃないの？」

「呼び方一つで特別になれるかい。人も獣も、同じ生き物は二つとない。けれど、その違いは特別とは言わないんだ。もっと大きな話さ。羽にもいずれ分かる。謙虚に生きていけば、きっといつかね」

「……うん」

町はともかく、四聖城は縁がなさそうな場所だ。

知らない場所に行ってみたいという好奇心はあるものの、里の人たちに迷惑がかかるのであれば積極的に関わりにいく理由もない。

食事を終えて明日の準備をしてから寝床を作る。

あのお気に入りの場所は忘れよう。

あの遠吠えも、あの香ばしいにおいも。

残念な気もするが、忘れてしまった方が里のためだ。

人は一人で生きていくことなどできないのだから、祖母や里の人を思えば自分が我慢してしまったほうが楽でいい。

自分に言い聞かせ、羽はその夜、眠りについた。

眠りにつくまでの間、頭の中を埋め尽くすのは、森の外の想像なのだった。

城の影を見なくなってしばらく経った。

香ばしいにおいのする料理を忘れ、夜空に切なく響く獣の遠吠えを忘れかけてきた頃、森は雨期に入っていた。

雨期を耐え忍べば多くの実りがある。

里の者たちは喜んでいるが、羽にとってはまともに森の中で遊べなくなるので好きではなかった。

雨がやまぬ間は祖母と一緒に家で過ごすことが多い。

保存用の食物を準備したり、次の季節に備えて縫《ぬ》い物をしたり、ボロ屋の補修をしたり、何度聞いたか分からない祖母の知恵を教えられたり。やることは意外と多いのだ。

ある日の朝、祖母が熱を出した。

咳《せき》に苦しみながら、息も絶え絶えに祖母は「外に出てなさい」とだけ言った。

「……雨だよ？」

「あんたまで……罹《かか》っちまう。里長のとこ行って、世話になりなさい」

祖母が言いたいことは分かる。

流行《はや》り病《やまい》が里に入ってくることは、過去にもあったからだ。

苦しそうな祖母にそれ以上喋《しゃべ》らせるのも酷《こく》なので、羽は渋々祖母の指示に従った。

里長の家は、周りの家よりも大きく、里の中で一番丈夫だ。

一声かけて中に入ると、里長の夫人が朝餉《あさげ》の準備をしているところだった。

家の中には粥《かゆ》に混ぜた鶏卵《けいらん》のにおいが充満している。

「いらっしゃい、小羽《シャオユウ》」

里長夫人がにこやかに歓迎してくれる。

「……おじゃまします」

「何かあったか」

里長は木の床に座って目を閉じていたが、寝ていたわけではなさそうだ。

「今朝から祖母が熱を出しちゃって」

羽は里長に祖母の容態を手短に話した。

彼は深刻そうな表情を見せた後、すぐに冷静さを取り戻して羽の目を真っ直ぐに見る。

「羽、お前はなんともないかい」

屋根が雨音を弾く家の中で、里長の低い声はよく通った。

「私はなんともないですけど」

「そうか」

「私のことより、祖母を診《み》てもらえますか」

「診なくても分かる。ここ数日、体調を崩す者が多くてな。流行り病だろう」

「……流行り病。深刻なんですか？」

「薬があれば、大丈夫だ」

前向きな言葉のわりに里長の表情は暗い。

「薬、あるんですよね？」

「町に行けばな。里にある分は、つい先ほど別の者に使ったのが最後だ」

「じゃあ、誰か町に行かないと」

「雨がやんだら私が行こう」

「それまで、待つんですか？」

「落ち着きなさい。雨の森は危険だ。無理やり行くよりも待った方が早いこともある」

納得しかけたが、羽はすぐにそんなはずはないと思った。

今は雨期に入ったばかりだ。

たしかに雨期の森は、滝や川の増水、地面がぬかるんだり山肌が崩れたり……想像するだけでも危険は数え切れない。

しかし、雨期に降る雨は一度降り出せば何日も続くことだってある。晴れ間が覗《のぞ》いたと思えば、またすぐに降ったりする。

このまま待っていたら、祖母の体力では耐えきれないかもしれない。

「私、町に行きます」

羽は決意を口にした。

「焦る気持ちは分かるが、お前は町の場所を知らないだろう」

知らない。

それどころか森を出たことすらない。

ただ一つ、町について知っていることは、四聖城の先にあるということだけだった。城の場所は分かるから、お気に入りの場所から森を出て城に沿って降りていけば城下町に着くはずだ。

行こうと思えば、行ける。

「たぶん、大丈夫です」

折れるつもりはなかった。

羽が意志をはっきりと瞳に宿すと、里長は呆《あき》れたようにため息を吐いた。

「……羽の気持ちは、よく分かった。だが、行かせるわけにはいかない」

「どうしてですか！」

「私が行こう」

「……えっ」

かたん、と器《うつわ》の傾く音がした。

里長夫人が驚いた表情をしていた。

「あんた、何言ってるんだい」

「今日中に雨がやまなくても、どのみち明日私が行くつもりだった」

「まったく、またあんたは調子のいいことばかり言って。里長の自覚ってもんはないのかい。あんたに何かあったら里はどうなっちまうんだよ」

「流行り病を放置する方がまずい。他の者が流行り病に罹らないとも限らないだろう。私も、お前も、今は無事でも明日どうなるか分からん」

「雨がやんでからでもいいじゃないか」

「明日やめばいいがな。里としても、薬は早急に用意しなければいけないし、体が元気なうちに動くべきだ」

「そうだけどさ……」

「すまない」

里長は、夫人に向けて頭を下げた。

「……まったく、止めるだけ無駄なんだろうね。あんたはそういう人だよ」

……よかった。羽は心の中で安堵《あんど》した。夫人も納得したらしい。

「若い衆が森の状況を見に行っているから、報告に来るかもしれん。入れ違いになったら私は町に行ったと伝えてくれ」

「はいよ」

誰よりも里長が町に行ってくれるのが一番確実だ。町には何度も行っているし、体も誰より丈夫だった。

里長は立ち上がり、部屋の中に干してあった熊の毛皮を背負った。薬と交換するために持っていくのだろう。

「では、待っていなさい」

こくり、と羽は頷《うなず》く。

そのとき、雨音に混じって水溜まりを弾く慌ただしい足音が聞こえてきた。

「里長！」

若い衆の一人が家に飛び込んでくる。

「どうした？」

「山が崩れてやがる！　いつもの道で町に出るのは……しばらく無理だ」

「なんだと」

羽は血の気が引くようだった。

雨期に山が崩れるのはよくあることだ……でも、どうしてこんなときに。

「あの、どうするんですか」

二人の男が羽を見た。

「羽、よく聞きなさい」

里長が熊の毛皮を置き、羽の目線の高さに膝を折った。

「……はい」

「今から大事なことを話す」

「……なんでしょうか」

「この世の中にはな、同じ人は一人といない。しかし、誰もが平等に持っているものがある。それが何か分かるか？」

「…………」

「それは、命だ。そして、命にはいつか平等に終わりが来る。人は――」

「やめてください」

羽は里長の言葉を遮《さえぎ》った。

何を言いたいか、分かってしまったからだ。

「羽」

「平等に終わりが来るのであれば、大人になる前に死ぬ子どもがいるのはなぜですか。赤子のうちに食われてしまう獣がいるのはなぜですか！」

「それが寿命《じゆみよう》というものだ。寿命は誰にだってある」

「祖母を見捨てるということですか！」

沈痛な面持《おもも》ちを隠しもせず、大人たちはその場に立ち尽くしている。

答えは聞くまでもなかった。

熊の毛皮を床に置いたままでいるのが何よりの証拠だった。

「私が行きます」

「羽、それはだめだ」

「じゃあ、あなたが行ってください」

「……それはできない。いつもの道が使えないんだ。私は里長だからみんなを置いて死ぬわけにはいかない」

「平等って言いましたよね」

「ああ」

「だったら！　どうして行ってくれないんですか！　倒れたのが祖母じゃなくて、夫人だったらあなたは町に行ったでしょう！」

里長は言葉を失った。

——この世に特別な生き物なんていないんだよ。

祖母はそう言うけれど、人は人を特別にしたがる。

それは羽にとっても同じだった。祖母は羽にとって、里でたった一人の心を許せる相手で、誰よりも特別な存在だったのだ。

置いてある熊の毛皮をひったくって羽は床を蹴《け》った。

「羽！」

里長が伸ばした手は、羽の背中に触れる寸前で空を摑《つか》んだ。

こみ上げてくる言いようのない悔《くや》しさを、唇を噛《か》んで耐える。

誰も頼るわけにはいかない。

祖母を助けるためには、自分がやらなければ。

降りしきる雨の中、羽は里を飛び出した。


雨除けのために被《かぶ》った熊の毛皮は、雨水を吸ってすっかり重くなっていた。

投げ捨てて走れば早く町まで行けるかもしれない。

しかし、薬を手に入れるためには、差し出すものが必要だ。羽には熊の毛皮以外に渡せるものがなく、これぱかりは何に替えても捨てるわけにはいかなかった。

森の出口に向かって走っていると、頭上からカラスの鳴き声が聞こえる。

見上げると、木の枝に留まる想想がいた。

「……行ってくるよ、想想」

ごめんね、想想。今日は遊んでいる暇はないんだ。

振り切るようにぬかるんだ道を走った。

若い衆の一人が言っていたように、山の崩れた跡がある。恐らくその先が城下町へ行くための道なのだろう。

元より知らぬ道を通るつもりはない。

羽は四聖城に沿って降りていこうと決めていた。

迂回《うかい》しなければいけないと言われたけれど……人の目につかなければ大丈夫だろう。

森の出口に近づくにつれて木々が減ってきて、代わりに青々とした草原が目立つようになってきた。

雨足は羽を咎《とが》めるように強くなる。

罰があるなら後でいくらでも受ける。でも、今は町に行かなければ。祖母のために薬が必要なのだ。

生まれてから今まで、ずっと過ごしてきた森のしきたりを、羽はこの瞬間に力強い足取りで打ち破った。

森を抜けると地面は背の低い草に覆《おお》われて堅かった。

勢いに任せてぐんぐんと加速していく。

城下町の影を目がけて羽は無我夢中で走った。

あれだけ重いと感じていた熊の毛皮も走っているうちに軽くなる。

これなら昼間のうちに行って戻ってこられるんじゃないか。雨が降りしきる中でも、羽の心には晴れ間が見えるようだった。

しかし、羽の足はぱたりと止まった。

遠くに見えていた城の影が、ついに目の前に現れたのだ。

「…………でかっ」

森の奥で過ごしてきた羽にとって、人が築き上げた城の大きさは途方もないものだった。想像していた森の外の光景は、田舎娘《いなかむすめ》の貧相な発想では到底形作れるものではなかったのだ。

ごくり、と生唾《なまつば》を飲み下し、迂回のために塀《へい》の周りを歩いていく。

城の中に入ってみたい。

邪《よこしま》な好奇心が首をもたげてくるのを自覚するが、羽は早足になって振り払った。

「薬を持ってかえるんだ」

自分に言い聞かせて城の角を曲がり、城下町へ向けて一直線に走り出す。

その時、視界の端に人影を見つけて羽は悲鳴を上げそうになった。

この大雨の中、その人は堅牢《けんろう》な屋根の上に腰をかけていたのだ。

見たこともないほど華美な召し物に身を包んだ人だった。

……男?

あるいは、女?

きれいな頭髪が雨に濡れて艶《つや》めいていた。男にも女にも見えるが、羽はそんな容姿の者など今まで一度も見たことはなかった。男でも女でも、里では決して見られないような人だ。

「獣?」

声が降ってきて、羽は自分の失敗を悟った。

――――見つかった！

「いや、人か？」

ぱっ、と慌てて熊の毛皮を目深に被り直した。

姿勢をこれでもかと低くして脱兎《だっと》の如く駆け出す。

頼む、何かの勘違いだと思ってくれ。

必死に祈りながら羽は足を動かした。誰何《すいか》などされる前にこの場を離れたかった。

「おい、待て！」

背中から声は聞こえるものの、追ってくるような気配はない。

召し物は華美な代わりに羽の持つ毛皮の何倍も重そうに見えた。あんなものを纏《まと》っていたらまともに走れまい。

そうじゃなくても日頃から森で獣たちと遊んでいたのだから足には自信がある。なにせ獣にも負けない速さで走れるのだ。

途端に勇気が出てきた。

このまま振り切って、城下町まで走る！

羽は獣のように一心不乱に野を駆けた。


神府《シエンフー》と呼ばれる城下町は、雨の中でも賑《にぎ》わっていた。

雨除けの傘を差した人たちが行き交うのを、羽は荒げた息を整えながら呆然《ぼうぜん》と眺めていた。森の外に、これほどたくさんの人がいるとは思わなかったのだ。

広い通りの両脇には屋根付きの屋台が並び、羽が見たこともないような食べ物を売っている。心が躍るような光景だった。

「……すごい」

里の大人たちは、この光景を度々《たびたび》見てきたわけだ。

ずるい……と、言いたくなる気持ちを押し込める。

森にはしきたりがある。

身分は隠さなければいけないし、時間をかけている余裕もない。

さっさと薬を交換してもらって帰ろう。

「……どこで？」

とりあえず城下町に来てみたが、どこへ行けばいいのか分からなかった。

辺りを見回すと、行き交う人々が羽をじろじろと無遠慮《ぶえんりょ》に見ながら通り過ぎていく。どうやら、この格好は城下町の中でも浮いているらしい。

手がかりもないし、どうしよう……と考えるうち、いつかの香ばしいにおいが鼻先に触れた。羽は誘われるように、においの元を辿《たど》る。

その料理は、軒先《のきさき》に構えた屋台にあった。

羽が店の前に立つと、店主の男はぎょっと目を見張った。

「なんだ……客か？」

「これ、なんですか？」

「なんですか……って、見りゃ分かるだろ。焼いた小鳥だ」

「小鳥……」

黄金色に輝く肉が棒に刺さっていた。

調味料にくぐらせた小鳥を棒にさして焼くと、この香ばしいにおいが生まれるらしい。

「あの……これ、欲しいです」

「金はあんのか」

「え、お金？」

「ないのかよ」

「毛皮と交換できるって……」

店主の男は目を細めて羽の被っている毛皮を見た。

「お前な……冷やかしなら帰ってくれ！」

「ひっ、す、すみません！」

羽は慌てて屋台を離れた。

話が違うじゃないか。毛皮を持っていれば交換できると聞いていたのに。もちろん薬と交換しなきゃいけないから、少しだけ……と思ったのだけれど。足りなかった、ということだろうか？

いやいや、とにかく薬だ。

食べ物の誘惑に負けかけていた自分を叱咤《しった》する。

まずは薬を手に入れなければ。

道行く人に声をかけてみるが、まともに取り合ってくれる人はいなかった。

何が間違っているのかもわからず、羽はひたすら人に話しかけた。

ことごとく嫌な顔をされてしまうので不安が募《つの》る。

ようやく立ち止まってくれたのは、子どもだった。

「兄ちゃん、何してんの？」

少年に兄ちゃんと呼ばれて反射的に怒りそうになってしまった。

大丈夫だ、きっと悪意はない。里でも男っぽいと言われることはよくあるし、毛皮を被ってびしょ濡れの格好では男か女かもわからないだろう。

何よりもやっと巡ってきた好機だった。

「君、薬がどこにあるのか知らない？」

「薬？　薬屋か？　案内してやるよ」

口は悪いが、優しい少年だった。

少年の案内でようやく羽は薬屋に辿り着いた。

店の中は、薬草をすりつぶしたような強烈な青臭《あおくさ》いにおいで満ちていた。

「いらっしゃ……ひっ」

店番の男が羽の姿を見て小さく悲鳴を上げた。

「なんて格好をしてるんだ」

「あ、すみません。毛皮です」

「見れば分かるが……なんの用だい」

「流行《はや》り病《やまい》に効く薬が欲しいんです」

「はいはい。何人分？」

里の薬はもうなくなってしまったと言っていた。

祖母の分だけ貰っても、またすぐに必要になってしまうだろう。きっと、あればあるほどいいに違いない。

「たくさん欲しいです」

「はぁ？　たくさん？　お金は？」

「この毛皮と交換してください」

羽は被《かぶ》っていた熊の毛皮を勘定台《かんじょうだい》の上に放り出した。

バシャッ、と激しい音を立てて吸った水が弾ける。

「お前……これ、本物か」

「熊の毛皮ですよ。濡れちゃいましたが」

店番は毛皮を手に取ってしげしげと観察し始めた。

ずいぶん長いことそうしているので、羽はしびれを切らして口を開く。

「あの、どれくらい貰えますか？」

「ああ、薬か。そうだな……お前、これをどこで手に入れた」

「どこって。熊を狩ったんですよ」

「お前が？」

「私じゃなくて――」

羽は慌てて口を閉ざした。

危うく里のことを喋《しゃべ》ってしまうところだった。

「父が狩ったんです」

「ほう。すげぇな……じゃあ、お前はおつかいってわけだな」

「はい、まあ」

「お父さんはなんて言ってた？　いくつ欲しいって？」

「毛皮と交換できるとしか……」

「そうか。お前、町は初めてか？」

「……………はい」

言っていいものかどうか悩んだ挙げ句、羽は正直に答えた。

「そうかそうか。いやあ、残念だ。流行り病ってのは、まさに言葉通り流行りもんでな。薬もずいぶん高騰《こうとう》しちまってるのよ」

「はあ」

「この毛皮じゃあ、一人分だな」

「えっ……一人分ですか？」

なんとなく、それはおかしいような気がした。

里長がたった一人分のためにこんな重い毛皮を背負ったとは思えない。薬の備蓄のためにも大量に交換してもらうつもりだったはずだ。

世間知らずだと思って、足下を見られているのかもしれない。

すると店番が棚《たな》から出した包みは、小石ほどの小ささだった。

「ほれ、一人分だ」

「一人分なんて、おかしいです。父は、もっとたくさん交換できるって言ってました」

「ちょっと前まではな。今は薬も少なくなってるんだ」

そう言うわりには、棚の中にあるだけでも里の者全員に行き渡るほどの包みが見える。

「でも……」

「文句あんのか？　こっちは売らなくたっていいんだからな」

「……ごめんなさい。でも、一人分じゃ……困ります」

「ったく、仕方ねぇやつだな」

店番は薬の包みを一回り大きな袋に三つ放り込んだ。

「三人分だ。これ以上は出せねぇな」

「……ありがとうございます」

「うっし、交換成立だな。へへっ」

袋を受け取るしかなかった。

店を出ると、雨足はずいぶん弱まっていて、空にも晴れ間が覗《のぞ》いていた。雨期では貴重な晴れ間だった。

何はともあれ薬は手に入った。

あとは里に帰るだけだ。

「あそこです！」

少年の叫び声だった。

先ほど羽を薬屋に案内してくれた少年だ。彼は羽に向けて指を差している。傍《かたわ》らには大人の男性が二人いた。男性は二人とも同じ召し物を着ている。その格好は、往来の人々よりも上等な材質に見えた。

「ちょっといいかな」

心臓が早鐘を打っていた。

声をかけられたが、羽はどうすればいいか分からず唇を噛《か》んで立ち尽くした。

「獣の毛皮を被った少年がいると聞いた。君がそうか？」

「し、少年じゃありません！」

反射的に答えてしまう。

「ん？　ああ、少女だったか。毛皮はどうした」

「薬と交換しました」

「そうか。毛皮はどこで手に入れた？　盗んだんじゃないのか？」

はっ、とした。

そうか、この人たちは自分を盗《ぬす》っ人《と》だと思っているのだ。

通りの向こうで少年がにやにやと意地の悪い笑みを浮かべている。

ああ……ごめんなさい、里のみんな。

ずるいなんてとんでもない。ここは、世間知らずな子どもが一人で来るような場所ではなかったようだ。

「……盗んでません」

「じゃあ、どうやって手に入れたんだ」

「……父が」

「父親はどこで獣を狩った？」

「…………」

四神の森で、とは言えない。

「身分照会をさせてもらおう。君、どこの家の者だ」

「私は…………分からない、です」

「分からない？　そんなはずはないだろう。その薬はなんだ？　それを持ってどこに帰るつもりだった？」

「それは……」

「本当に薬なんだろうな。ちょっと貸しなさい」

「あっ」

男は羽から袋を取り上げた。

「返して！　それがないと、ばあちゃんが！」

「正直に答えれば返してやる。まずは父親の名前を言え」

「父はいません！」

「なんだと？　嘘を吐いたのか」

「とにかく返して！　急いで帰らなきゃ！」

「だめだ。外宮《げくう》に来てもらうぞ」

「……外宮？」

「四聖城だ！」

「そんな！」

二人の男が羽の両脇をがっしりと摑《つか》んだ。

これでは……身動きが取れない。

「さあ、来い！」

「やめてください！　誰か！　助けて！」

「大人しくついてこい！」

引きずられるようにして連れていかれる姿は、晒《さら》し者のようだった。助けに入ってくるような物好きがいないことは、さすがの羽でもこの短い時間で理解した。

必死に抵抗しても、大の男二人が相手ではどうにもならない。

こみ上げてくる涙を、血が出るほど強く唇を噛んで必死に堪える。

どうして……こんなことになってしまったんだ。

祖母を助けるためには、この薬が必要なのに。

四聖城に連れていかれたら、きっと簡単には解放してもらえない。身分はもちろん、出自すらも口にはできないのだから。

なんとかしなきゃ……でも、どうすれば……！

広い通りに出ると、人々が騒々しかった。

かぁ！　と、カラスの鳴き声が聞こえる。

「白いカラスだ！」

誰かが叫ぶと、集まった人々はより一層騒がしくなった。

晴れ間の覗いた空の下、白いカラスが飛んでいた。

「想想！」

飛ぶことよりも木の枝に留まることが好きな思慮《しりょ》深い羽の友だち。

森の外に出たことなんてないだろうに、想想は真っ直ぐ確かな意志で飛んでいた。少女の小さな肩を目がけて。

「な、なんだ、こっちに来るぞ」

羽は狼狽《うろた》える男を突き飛ばし、薬の袋を奪い取った。

「なっ、殴《なぐ》ったな！」

「ご、ごめんなさい！」

でも、今はこうするしかない。

「想想、お願い！」

羽は、空に向かって思いっきり薬の袋を放り投げた。

飛んでいた友人がバサバサと羽ばたいて急転回した。

空中で袋を嘴《くちばし》にくわえると、降りてくることなく飛び上がる。

「届けて！　ばあちゃんのところに！」

想想は迷うことなく旋回し、町の外へと飛んでいった。
その様子を人々が呆《ほう》けたように見守っていた。
「来い！」
腕が千切《ちぎ》れるような強さで掴まれたが、あまり痛いとも思わなかった。
抵抗する気も起きず、羽は屋台の並ぶ広い道を心を殺して歩かされる。
ああ……あの香ばしいにおい。
あれだけは、ちょっとだけ食べてみたかったな。

【二】ヨト族

「……親はいない、と？」

ここは四聖城《しせいじょう》の外宮《げくう》。

皇族たちが住む内宮《ないくう》に対し、外宮は役人たちが集まる場所だ。

執務室に連れてこられた羽《ユウ》は身分照会がまともにできず、周囲をすっかり困らせていた。

「はい、いません！」

元気よく答えるので、役人の方も困り果てている。

どうやら嘘は言っていないらしい。しかし、家の場所や出自など肝心《かんじん》なことは聞き出せない。沈んだ表情をしていたはずだが、城に入るなり目はきらきらと輝きだした。きょろきょろと辺りを見回しながら歩くうちにみるみる元気になり、今では遊びに来たかのような雰囲気《ふんいき》で執務室に立っている。

「この絨毯《じゅうたん》、赤いですね！　誰が作ったんですか？　ふかふかです！」

弾むような声で問うと、役人はため息で答えた。

「……知らん」

「天井からぶら下がってるものはなんですか？」

「……飾燭台《シャンデリア》だ」

「へぇ！　なんですか、それ！　変な名前！」

「いい加減にしろ！」

どん、と執務机が叩かれて羽は跳び上がった。

「いいか。身分照会ができないと、家に帰すことはできないんだ」

「お城に住んでいいんですか!?」

役人は即座に頭を抱えた。

照会を円滑に進めるための脅《おど》し文句はことごとく裏目に出た。この田舎者《いなかもの》には何を言っても無駄だった。時に虚勢を張って嘘を吐く者はいるが、この羽という少女はむしろ脅しを好奇心で迎え入れて本心を隠しもせずに口にする。

「あのなぁ……お前がどこの誰だか分からなければ、女官にすることもできないんだ。せめてどっちの方角から来たかくらい教えてくれ。適当に書くこともできん」

「それは、わかりません！」

「家に帰せない、女官にもできない……」

「……捌《さば》いて食われる？」

「どんな環境で育てば、その発想が出てくるんだ」

「普通ですよ、普通」

「世間知らずで考え方も尋常《じんじょう》じゃない。ヨト族じゃないだろうな」

「ヨト族!?」

羽は悲鳴のような声を上げた。

役人の口から出てきた一族の名は、まさに祖母から隠し通せと言われている里の一族の名前と相違なかったからだ。

「冗談だ、そう怯《おび》えるな」

「冗談、ですか」

「当たり前だろう。ヨト族といえば、四神《しじん》の森に棲《す》む一族。だが、とうの昔に途絶えた一族だ。田舎者は、そんなことも知らんのか」

「……そう、なんですか?」

「それに、やつらは獣みたいな一族だからな。お前は少年のような見た目だが、人間の女であることに変わりはないだろう」

まるでヨト族が人間ではないかのような口ぶりだった。

ヨト族は、月のない夜でも昼のように見渡せる夜行獣の目を持ち、種々の獣と心を通わせる千変《せんぺん》の声で歌い、小動物の寝息すら聞き逃さない狩人《かりゅうど》の耳で森の音を聞き分けた。

真偽はともかく、市井《しせい》には詩と共にそのように伝わっている。

役人が記憶を引っ張り出すように語ると、羽の方は苦笑いをした。

そんなわけがないだろう。

目と耳はちょっとくらい良いかもしれないが、ヨト族だって人である。人以上のことができるわけなどなし……と、比べる一般人も知らないまま羽は思うのだった。

「まあいい。このまま身分照会ができなければ、お前は獣吏になるぞ」

役人は意地の悪い笑みを浮かべた。

「じゅうり？」

「四聖城には、下女よりも低い身分があるんだ。それが、獣吏。さすがのお前も震え上がるほどの待遇が待っている。さあ、どうする。すべて包み隠さず話すなら、女官にしてやってもいい」

「じゅうりって……もしかして、獣吏ですか⁉　獣のお世話をする？」

「なんだ、知ってるのか。それなら話が早――」

「私、それでいいです！」

「…………は？」

役人は目を丸くして口をぽかんと開けた。

「獣吏でいいです！　むしろいいんですか？　どこの馬の骨とも知らない私をお城で働かせてくれるなんて！」

「こっちだって素人《しろうと》じゃない。他国の間諜《かんちょう》とか本当に怪しいやつはな、どいつもこいつも少しの穴もなく完璧《かんぺき》に身分照会できるもんなんだよ。不自然なくらいにな。それでいくと、お前は迷子の猫と大差ない」

「ね、猫！　こんな迷い猫を拾っていただき感謝です。これからお世話になります」

ぺこり、と羽は頭を下げる。

「あ、いや、待て。あのな……獣吏というのはだな。汚い格好で汚い場所で寝起きする最底辺の役職だ。来る日も来る日も獣の世話、ちょっとでも間違いを起こせば獣同然に処分される。それが獣吏だぞ。お前、本当に分かっているのか？」

「えーっと。名誉な役職ではなく？」

祖母から獣吏という役職があることは聞いていた。

「名誉な役職？　なんだそれは。いつの時代の話だ」

「いや、でも……」

獣吏とは、かつての皇帝が四神の森に遷都《せんと》してきたとき、ヨト族が皇帝から賜《たまわ》った名誉な役職である……祖母はそう話していたはずなのに。

「名誉とは程遠いぞ。人の扱いなど期待せぬことだな。なにせ食事は残飯だ」

「残飯？　それって、宮廷料理が食べられるってことですか？」

役人は再び頭を抱えた。

「………もういい。身分照会は終わりだ。お前はこれから獣吏だ。泣いても喚《わめ》いても女官になることはない。後悔《こうかい》するなよ」

「はい！」

　またしても元気に返事をする羽なのだった。


　宦官《かんがん》に連れられて麒麟門《きりんもん》をくぐった。

　麒麟門の前で案内役が宦官から後宮の女官に替わった。

　宦官も女官も特別な許可なしに麒麟門を通ることはできず、ここで羽を受け渡すしかなかった。

　四聖城の外宮と内宮を分かつ門、それが麒麟門である。門の内側には、皇族の寝所である麒麟宮、鳳凰宮《ほうおうきゅう》、鸞宮《らんきゅう》があり、さらに先へ行くと後宮《こうきゅう》がある。

　後宮は玄武宮《げんぶきゅう》、青龍宮《せいりゅうきゅう》、朱雀宮《すざくきゅう》、白虎宮《びゃっこきゅう》の四つに分かれており、羽は北に位置する玄武宮の獣吏になるようだ。


　雨が上がって湿った風が吹いている。

　想想《シャンシャン》は無事に薬を届けられただろうか。

　雲の隙間《すきま》を眺めながら、羽はそんなことを思う。

「芽萌《ヤームオン》だよ。よろしくね」

　女官は優しそうな笑みを浮かべて名乗った。

　初対面の印象は人好きのするかわいらしい女の子。

　羽と同じくらいの歳《とし》だが、背格好は女の子らしく丸みがあって背も低い。

ここに来るまで初めて会う人からの当たりは不当に強かった。

子犬みたいだ。

この子なら、仲良くなれるかも。

「羽です。あなたは獣吏？」

「小羽《シャオユウ》ね。私は玄武宮の女官だよ。私のことは芽萌って呼んで」

「うん、芽萌」

「お友だちになってね」

こちらの返事も待たずに芽萌は羽の手を取った。

距離の詰め方まで人に馴《な》れた犬のようだ。

友だち……だとしたら、同年代の獣ではない初めての友だちになる。

「よろしくね」

「さ、行こ」

芽萌が玄武宮に向けて先導していく。

ここから先は、女の園――後宮。

入れる男は皇族に限られ、男の象徴を切り捨てた宦官ですら選ばれた者しか入れない。

宮殿の最上位に祭り上げられる貴妃《きひ》は四人。

あとは貴妃の身の回りの世話をする侍女《じじょ》たちと、宮殿で働く女官、宮殿ごとに飼われている獣の

世話をする獣吏がいるだけだった。

芽萌の後ろを歩きながら、羽は遠くに見える城の外壁を見ていた。外壁に沿って走っていたときに人が屋根にいた。位置からして外宮ではなかったはずだ。召し物の豪華さも考えれば、やんごとなき身分の人に違いない。焦っていて男か女かも分からなかったが、少なくとも女官の位では華美な格好はできまい。

それなりに地位のある人だ。つまり、下位の人一人をどうにかできるような身分の人。そんな人が四神の森から人が走ってきたと言えばどうなるだろう。個人の処遇で済めばまだいい方で、最悪は一族の存在を勘ぐられてしまうかもしれない。

……バレなければいいけれど。

「ここだよ」

案内の芽萌は建物の前で立ち止まると、途端に快活な雰囲気《ふんいき》がなくなった。

「ごめんね」

「え、なんで謝るの？」

憐《あわ》れむような表情を向けられて羽は目をしばたたかせた。

「だって……こんなボロ屋が宿舎だよ」

羽は首をかしげてしまった。

ボロ屋とは、目の前の建物のことを言っているのだろうか？

里の家は木造りだったが、この建物は石を使っているのか丈夫そうな外観だった。これなら、隙間風があったとしても里に比べて随分《ずいぶん》ましな環境と言えるだろう。里のどの家よりも大きく、大勢で住んでも困ることはなさそうだった。

「暮らしやすそう」

「ええっ」

「寝床はあるの？」

「あると思うけど」

「おおっ。着るものは？」

「獣吏用の服があるよ。みんな同じ物を着るの」

「さすが……お城の生活！」

「えええっ」

寝藁《ねわら》も悪くなかったけど、お手入れは大変だったしどんなに対策をしてもやがて虫は湧く。寝床があるなんてすごい。着る物だって普通は支給してもらえないだろう。自分で作らなくていいなんて、お城で働く人たちはいくら最底辺といってもやはり尊敬されているのだ。

素性《すじよう》も分からないような人間をこんなに手厚い待遇で雇ってくれるなんて！

「ふふ……ふふふ……」

「な、なんで笑ってるんだろう……。とりあえず、私の案内はここまでね。あとは中に入って説明を受けて」

「了解であります！」

「それじゃ、またね」

「はーい」

さあ、新生活の第一歩だ。

ドアに手をかけようと踏み出したらバシャンと水たまりが弾ける。足の先が汚れるのも意に介さず、羽は勢いよくドアを開けた。

「こんにちはーっ！」

いくつもの、ぎょっとした視線が一点に注がれる。羽という見慣れない少女のもとに。

香を焚《た》いているが、空気には様々な獣の体臭が混じっていた。換気不十分なのかと思えば空気の循環は悪くなさそうだ。窓は開放されている。獣臭はこの獣吏舎に染みついたにおいだろう。

羽は大きく深呼吸をした。

小さい頃から慣れ親しんだ獣のにおいもある。それは、何よりも落ち着くにおいだ。

「今日からお世話になります、羽です！　よろしくお願いします！」

返事はなかった。

広い土間に暗い表情の少女たちが詰めている。

シミだらけの衣服は、獣吏という役職のもとで統一されているようだが、地味で簡素な作業着のような見た目でみすぼらしく、後宮という女の園には相応《ふさわ》しくなかった。

一枚板に足を付けただけのような背の低い食卓を九人で囲う。

石材の床は冷たく堅固で、申し訳程度に敷かれた座布団は布きれに等しい。

これが、獣吏という役職に与えられた環境だ。

「お前、外から来たのか？」

「はい！　外から！」

ぎろり、と鋭い目つきに低い声。

「よっぽどのことをやったんだろうな。こんなとこに来ちまうなんてよ」

「はあ」

「来いよ。獣吏の服を着せてやる。まあ、農家の作業着の方がましだけどな」

「ありがとうございます！　あの、お名前は……」

「ああ、明明《メイメイ》だ。敬意を払えよ、新入り」

「はい、明明！」

明明の口ぶりは乱暴だが、案内役を買ってくれる優しさはある。獣吏の中でもまとめ役だろう。

痩《や》せぎすで目つきは悪く、纏《まと》う空気もとげとげしい。それでも、城下町で見た人たちや役人に比べれば同族のように感じられた。獣のにおいがするからだろうか？

獣吏たちにじろじろと見られながら隣の部屋へ移動する。

この人たちと仲良くなるためには、まだまだ時間が必要になりそうだ。

部屋に入る。

そこには、一人一つの寝床が用意されていた。

「おおっ……！」

窓から日差しの入る部屋は、空気に埃《ほこり》が煌《きら》めいて明るい。

里の家に窓なんかなかった。そもそも家の中に部屋がいくつもあるなんて革命的だ。

「なんだよ。変な物でもあったか？」

「窓……！　開けてもいい？」

「あ？　いいけど。立て付け悪ぃからな。全開にすんなよ。はずれちまう」

「うん！」

羽は窓に駆け寄って手をかけた。

開けようとするが、何かつっかえているのかびくともしない。

「重っ……！　えいっ！」

両手に力を込めて思いっきり引いた。

窓は悲鳴のようなざらついた音を立てて、外に落ちていった。

「あっ」

「だから言っただろうが！」

明明は窓枠《まどわく》から乗り出して落ちた窓を見る。

「あーあー……外れただけか……。あっぶねぇ」

「ごめんなさい、開け方分からなくて」

「はあ？　窓の？」

「見るのも初めてで」

「……もしかして、窓を見て喜んでたのか？」

「窓と寝床と……あと、広い部屋」

「お前、貴妃の部屋とか見たらひっくり返るんじゃねぇの」

「そんな！　私みたいな下賤《げせん》のものが貴妃の部屋なんて！」

「心配しなくても入れねーって。とりあえず、ほらこれ。着ろ」

きれいに畳《たた》まれた獣吏の服は、使い回しなのか獣のにおいが染みついていた。

「ありがとう」

その場でさっさと着替える。

服にはシミや毛羽があった。見た目は悪いが、里で着ていた服に比べれば肌触りも悪くない。服の大きさは羽の背丈にぴったりで、どんな作業でも軽快にできそうだ。

「どうかな？」

「うん、いいんじゃねぇの。似合っても良いこと一つもねぇけど」

「仕事は？」

「休憩が終わったら案内してやる。お前、飯は食ったか？」

「そういえば、お腹空《す》いたな……」

「余ってるから食えよ」

「いいの？　ありがとう」

獣吏が集まる土間に戻る。

土間の隅に寸胴《ずんどう》の鍋《なべ》があった。

「好きに食え」

覗《のぞ》き込むと、人の一食分には十分すぎる量の料理が入っていた。ただし、詰め方は乱雑で、味が混ざり合うのも気にせず様々な料理がめちゃくちゃに放り込まれている。獣に与える餌《えさ》を用意するとしたら同じような見た目になるだろう。人に食べてもらおうという気遣いが少しも感じられなかった。

しかし、羽はごくりと生唾《なまつば》を飲み下す。

おいしそう。すごく。

料理が視界に入るなり思い浮かんだのは、本能的な衝動。

「これ、食べていいの？」

「ああ」

「全部？」

「あ？　食えるならな」

許しは出た。

羽は鍋の中央に勢いよく手を突っ込んだ。

「はあ!?」

その様子を見ていた明明が背中越しに悲鳴を上げる。

里でも箸《はし》は使っていたが、見当たらないのだから仕方ない。

何より羽は腹が減っていた。

寸胴に放り込まれている料理がなんなのかは分からない。あるいはきれいに詰められていたとしても分からないのかもしれないが、鼻腔《びこう》を心地よく刺激する香りは濃厚で味が保証されていることだけは確かだった。里の生活では決して食べられない料理のにおいだ。

わしづかみした料理を口に運ぶと、舌を伝って味の奔流《ほんりゅう》が羽を包んだ。

辛《から》みもあれば甘みもある。

野菜、肉、魚……なんでも入っている。

炒《いた》めて焼いて蒸して……きっとあらゆる調理法で作られた料理がごった煮になっている。きっと単体で食べればもっと美味《おい》しいのだろうが、料理の一つ一つがしっかりと味付けされているおかげで嚙《か》むたびに違う味がして楽しい。

噛みしめながら元々の料理の味を想像することもできた。

これが、宮廷料理。

こんなものが朝昼晩食べられるのだとしたら、それだけで幸せと言える。

「……ふぅ」

あっという間に食べ終わってしまった。

「本当に全部食っちまいやがった……」

「ああっ、ごめんなさい！　つい！」

「いや、アタシらは食ったしいいんだけどさ。どうせ余れば獣の餌だし」

「よかった」

「悪くなってなかったか？」

「全然」

「でも、不味《まず》かっただろ。冷めてるし」

「おいしかったよ？」

「…………そうか」

獣吏たちの無遠慮《ぶえんりょ》な視線は、あっという間に同情的なものになっていた。

きっと、ろくに食う物もないような環境で育ったのだろう。そんな哀れみの感情がどの瞳にも映っている。

「がんばろうね」

むっつりと黙っていた獣吏たちが、突然声をかけてくる。

「つらかったら助けるから」

「私も協力するね」

「私も」

「……うん。どうも、ありがとう」

堰《せき》を切ったように溢《あふ》れる優しい声に羽は困惑してしまった。

どうやら受け入れてもらえたらしい。

こうして、羽の玄武宮の獣吏としての生活が始まったのだった。


獣の世話をするために獣吏たちが移動する。

後宮内には獣を飼育する区画があり、獣吏の宿舎はすぐそばに建てられていた。

「つーわけで、指導役はアタシだ」

昼の休憩が終わって獣吏たちが持ち場に散った後、残ったのは明明と羽の二人だった。

「よろしくお願いします！」

「その意気だ、新入り。まずは……どっから説明すっかな。お前、四聖城のことはどれくらい分かってんの？」

「えーっと、何も」

「まあそうだろうな。四聖城では獣が飼育されてんだけど、その理由は……話すと昔話になるから今度にするわ」

「伝承？」

「そういうやつ。後宮には四つの宮殿があって、宮殿ごとに飼ってる獣が違う。馬だけは各宮殿で自前のやつがいるけど、他の獣はアタシが知る限りほぼ被《かぶ》ってない」

「馬がいるんだねぇ！」

四神の森にはいない獣だが、祖母から話は聞かされてきた。森の外の人は、馬に乗って移動するのだと。四つ脚で野を駆ける速さは、人を乗せていても猪より速くなる。

一度この目で見てみたい獣だった。

「馬くらい、いるだろ」

と、明明の方はそっけない。

「来いよ。見せてやる」

厩《うまや》は偏殿《へんでん》の近くにあった。

貴妃が住む正殿に繋《つな》がる女官たちの住まいが偏殿だ。

いつでも貴妃の所用に対応できるように厩が近くにあるのは合理的と言える。

「あれ？　貴妃って外に出ることがあるの？」

「ん？　ねぇよ？」

「ええっ」

「と言うより、自分で出たいと思っても出られないが正確だな。出るときは皇帝の気まぐれに付き合うときだ。皇帝が外出に付き合わせたいって言えば誰も止められねぇよ」

「……なるほど」

その時のためだけにわざわざ用意された馬。

柱に縛《しば》り付けられた馬たちは、どこかつまらなそうで諦念《ていねん》にも似たような大人しさがあった。この馬たちが野を駆けることはめったにないのだろう。

近づいてみると、ぶるると鼻を鳴らす。

その仕草さえ、どこか切なそうに見える。

「おーい、次行くぞ。新入りのお前が馬の世話をすんのは後だ。馬ってのはな、図体《ずうたい》でかいくせに気は小さくて人見知りなんだよ。馴《な》れるまでは、ちょっと触ることすら――って、え？」

羽は馬の頰《ほお》に触れていた。

「外に出たいよねぇ」

撫《な》でてやると、馬はされるがままに落ち着いた呼吸を繰り返す。

「お、お前……なんで触れてるんだよ」

「なんでって、そんなに不思議なこと？　触るだけだよ？」

「それが、どんだけ難しいことだと思ってんだ。外から来たばっかりで、馬と初対面のお前が……！」

獣と心を通わせるのは、四神の森で育った羽にとっては当たり前にできることだ。

獣の呼吸に耳を澄ませて感情を読み取る。幼い頃から無意識にそうする癖《くせ》がついていた。

聞こえる息づかいに合わせるように自らの呼吸を変えて寄り添う。あなたにとって私は敵ではないのだと伝えるために。

その気持ちが通じたとき、獣は大人しくなり、触れ合うことができるのだった。

「馬のお世話ってどうするの？　見るのも初めてで」

「初めてでそれかよ……。アタシが教えるよりも、お前の判断で世話してやった方がいいんじゃねえの」

「そう？」

「おい、本気にするな。他にも獣はいるから、また後で戻ってくるぞ」

「了解です！」

「ったく、新入りに馬の世話は荷が重いと思ってたのによ……。とんでもねぇ問題児が入ってきたわ」

「聞こえてるよ？」

「褒《ほ》めてんだよ」

「そうなんだ。えへへ」

調子の良いやつ、と言い捨てて明明は先導する。

羽にとっては獣吏たちの仕事ぶりを見ていくのが一日目の仕事だ。

兎小屋《うさぎごや》を見た後、蛇と触れ合った。

新入りは蛇を見れば怖がるのだと脅《おど》された羽だったが、森に出る蛇に比べれば体も小さく気性もおとなしい。毒性のない種類で牙も小さく、つぶらな瞳に映るのは害意よりも好奇心なので羽と気が合いそうだった。

「よしよし」

「ええ……」

蛇を首に巻き付けた姿を見て、獣吏たちが口の端を引き攣《つ》らせる。

この田舎者《いなかもの》は普通ではない。

一日目にして獣吏たちが羽に対して抱いた共通認識だった。

「後宮って、良いところだね！」

案内をされながら上機嫌な羽。

思っていたような反応が得られずに明明は舌打ちをした。

「お前さぁ、何者だよ」

「何者って？」

小休憩がてら水辺の岩に腰をかける。

小さな池では鯉《こい》が泳ぎ、水辺で亀が水草を食《は》んでいる。

「なんというか……普通ではないだろ」

「そうかな？」

「獣吏の仕事ぶりを見てどう思った？」

「何をやらされるのかなーって思ってたけど、こんなことでいいんだーって思った。獣と触れ合えるし、ごはんは美味《おい》しいし、寝床もあるし。こんなに最高の環境はないよ」

「ああ、こいつは馬鹿なんだ」

「ええっ、そんな」

「獣なんかと触れ合わなきゃいけねぇし、飯はマズいし、寝床は硬い！　すぐ隣にめかし込んだ女たちがいんのにアタシらはこれだぞ！　史上最悪の環境だろ！」

怒鳴り声にびっくりした亀が、バシャッと音を立てて水中に逃げ込んだ。

「みんな好きでここにいるわけじゃないってこと？」

「………まあな」

明明は冷静になって座り直す。

ため息を吐き、どこか遠くでも見るかのように虚空を見つめていた。

「獣吏ってのは、みんなヨト族っていう先住民の子孫なんだよ。さっき四聖城で獣を飼ってる理由は昔話になるって言っただろ」

「うん」

「あれがそうだ。当時の皇帝がな、四神の森に棲《す》んでる仙人のお告げを聞いてここに遷都《せんと》してきたんだ。仙人曰《いわ》く、『種々の獣が棲《す》まう四神の森で獣と共生せよ。さすれば人の世に永劫《えいごう》の繁栄《はんえい》が約束されるだろう』ってな。そんで、獣を飼うことになったわけだが世話できるやつがいねぇ。だから、元々森で獣と共生してた先住民のヨト族を呼んで獣吏にしたってわけだ」

「名誉な役職……だよね？」

「昔はな。仙人のお告げなんて、ヨト族の子孫のアタシらくらいしかもう覚えてねぇんだよ。見ての通り、アタシらはすっかり最底辺だ。森に残ってたヨト族の消息も途絶えて久しいし、どうせいつか、アタシらも獣とまとめて追放されんだぜ」

「ヨト族の消息が途絶えてる……？」

「ああ。ヨト族の生き残りは、後宮にいる獣吏だけだ」

羽は口を開きかけたが、言葉にすることはできなかった。

本当は言いたい。

ヨト族という一族は、まだ四神の森の奥で生きているのだと。

でも、祖母の言いつけを破るわけにはいかなかった。いくら明明がヨト族の子孫とはいえ森の外の人間であることに変わりはないのだ。

獣吏に与えられている環境を見れば分かる。

もしもヨト族の生き残りが森の奥にいると知られたら、祖母や里の者たちがどんな扱いを受けるか分からない。

やはり、絶対に言うわけにはいかなかった。

羽は言葉を呑《の》み込んで呼吸を整えた。

勘づかれることすら許されない。

平静を装《よそお》い、微笑を湛《たた》えて決意する。

「明明、後宮のことを教えて」

ここで楽しく平穏に生きていくこと。

それが、今の羽とヨト族にとって一番平和で幸せなことだ。

「しゃーねぇ。なんでも教えてやるよ。何がいい？　貴妃の噂話《うわさばなし》か？　皇太子か？　玄武宮には噂好きの女官がいるから話の種には困らねぇぞ」

「そうじゃないんだけどなぁ……」

「ん？　違うのか？」

「そもそも、後宮がどういうものか分からないというか」

「あー、お前そうか。田舎者だったな」

「否定はしないけど」

「それなら話が長くなるな。獣の世話でもしながら教えてやるよ。蛇と兎なら、どっちがいい？」

「もふもふ！」

羽は即答した。

兎が一羽、跳び上がった。

普段はぴょこぴょこと小さく跳ねている兎だが、いざとなれば足を伸ばして人の頭を優に越える高さで跳び上がる個体もある。その身の小ささに反して鳥のように空へ上がろうとする姿に仙人は心を打たれたという。

兎は一般的に普段はさみしがり屋だが、伴侶《はんりょ》に危機が迫れば勇猛果敢《ゆうもうかかん》に立ち向かう。生まれて四ヶ月もすれば子兎をはらめるようになることから、兎と共生すれば子宝に恵まれると言い伝えられていた。

「後宮ってのはな、要するに、皇帝の子を産む女たちを待機させておく場所ってことなんだよ」

跳び上がった兎は、得意気に説明する明明の頭上を飛び越え、その先にいた羽の顔面に張り付いた。兎小屋の中でも跳躍が得意なとびきり身軽な個体だった。

「うっ、もふもふ……」

顔から剥《は》がして抱きかかえると、兎は耳をぺたんと畳《たた》んで落ち着く。

土に藁《わら》が敷き詰められた兎小屋は人が住めるほどの大きさだった。手前と奥で二部屋あり、主に奥は兎の寝床として狭く、手前は兎の遊び場として広く作られている。

兎小屋は常に清潔にしなければいけないので、普段の世話も掃除《そうじ》がメインになる。掃除を終えたら餌《えさ》と水を与え、適度に遊んであげる。やることが分かりやすいので新入りの獣吏に任せやすい仕事でもあった。

「おい、話聞いてんのか」

「もちろんであります！」

「ていうか、馬の時もそうだけどよ……なんで、そんなに懐かれてんだよ。兎だって馴《な》れるまで時間がかかるはずなんだけどな」

「野兎と触れ合うことは多かったから」

「ふーん？　お前から兎のにおいでもすんのかね」

言いながら、明明は鼻先を羽に近づける。

「……土臭《つちくさ》い？」

「ええっ。におう？」

「いや、獣吏の服のせいか？　まあ、湯浴みは毎日できるから気にすんな」

「湯浴みができるの？」

「湯浴みしねぇと、うちの女官長が許してくれねぇからな。義務だよ、義務」

「さすが、お城……」

「城っていうか、宮殿ごとに個性があんだよな。だいたい貴妃の性格とか趣味とか、そういうので変わってくる」

「玄武宮の貴妃はきれい好きってこと?」

「そういうわけでもない。きれい好きではあるだろうけど」

「あれれ」

「玄武宮の貴妃の雪楼《シュエロウ》様は……おっとりしててな。寛大でひたすら優しいというか。だから後宮のドロドロした人間関係は嫌いだし、だいたいなんでも許しちまうんだよ。その分、周りが張り切ってる感じだな。結局、皇帝の寵愛《ちょうあい》を受けられれば、その宮殿の地位も上がるわけだから。女官たちも雪楼様には頑張ってほしいんだろ」

「……なるほど」

人よりも獣のことだけ考えていたい。それが羽の本音だが、後宮である以上、獣の世話だけしていればいいというわけでもなさそうだ。

人と人のこじれた関係を想像するだけで胃がもたれる。そんな緊張が抱えている兎にも伝わったのか、まぶたを閉じかけていた兎はぱっと目を見開いて、慌てて小屋の奥へと逃げていった。

「ああ……もふ」

動物は気配に敏感で、危機を察知したら行動は早い。

「他の貴妃もざっと説明しておくか。うっかりすれ違って失礼でもあれば首をはねられるかもしれねぇしな」

「ひぃっ！」

「東の青龍宮にいるのが龍華妃《ロンファ》。貴妃の中では圧倒的に美しいと言われる絶世の美女だ。この人は外から見てる分には完璧《かんぺき》すぎて欠点が見当たらないな。人じゃないかもしれねぇ」

「え、人じゃないの？」

「……喩《たと》えに決まってるだろ」

「あはは……そうだよね」

「南の朱雀宮は炎梅妃《ヤンメイ》だ。この人も美しいんだが、それよりも気が強そうな印象を受ける。ちょっと怖いくらいだな。そのせいか、朱雀宮にいる女官はとげとげしいからアタシは好きじゃねぇや。あの宮殿、鳥ばっかりでうるせぇし」

「鳥！　いいなぁ」

想想は元気だろうか。

いくら貴重な獣が集まる四聖城でも、白いカラスはさすがにいないだろう。

「んで、西の白虎宮にいるのが秋鈴妃《チュウリン》。まだ幼い貴妃なんだが、悪い噂が絶えない。侍女《じじょ》に無理を言ったり、他の宮殿を貶《おとし》めようとしたり、評判だけ聞くと一番賢《さか》しいのは秋鈴妃かもしれねぇ」

「えぇ……後宮こわ」

「皇帝からの寵愛を受けたら勝ちなんだから。そのためには何だってやるんだよ」

「その、寵愛って？」

明明は珍しい物でも見るかのように目を細めた。

「お前は天然記念物か？」

「ふえ？」

「それとも絶滅危惧種《ぜつめつきぐしゅ》か？」

「はい？」

足下にいた子兎《こうさぎ》を抱え上げると、撫《な》でながらため息を吐く。

「ひらたく言うなら、皇帝の世継ぎを作るってことだ」

「そ、そういうこと」

明明に抱えられた子兎はすぐに腕から飛び出してしまった。

ぴょこぴょこと跳ねて羽のもとに駆け寄る。その様子を見た他の子兎たちも雪崩《なだ》れるようにやってきて、あっという間に羽の腕の中に三羽の子兎が収まった。

「皇太子は既にいるんだが、事情があってな。どうも噂では、呪われたんじゃないかって話がある。アタシらみたいな下々《しもじも》に詳しいことはわかんねぇけど、お上《かみ》がいまだに世継ぎ候補を作るために頑張ってるところを見ると……って、お前、聞いてる？」

「もふもふもふもふ」

「なんでアタシよりこいつの方が懐かれてんだよ！　餌やらねぇぞ、てめぇら！」

「だめっ、もふもふが怯《おび》えてる！」

体の向きを変えて明明から子兎を遠ざける。

「納得いかねー！」

「それで、肝心《かんじん》の皇帝はどんな人なの？」

「ああ、そうだった。現在の皇帝は高流帝《こうりゅう》だ。麒麟宮に住んでいて、病がちな人だけど、元気な時はそのへん散歩してる。人が好きみたいでさ、皇后や貴妃を連れて外に出ることも多いな。学を重視する皇帝らしくて、女官たちは色々と勉強させられてるらしいぜ」

「獣吏は勉強しなくていいの？」

「皇帝の意向が獣吏まで行き届くわけないだろ？　こっちは最底辺、あっちは雲の上なんだからよ」

「ですよねぇ」

「あとは……皇后か。現在の皇后は霊子后《れいしごう》だな。小さい頃から人に見えない物が見えるとかいう不思議な力を持った人って噂だ。この人が皇太子の母親にあたる。鳳凰宮に住んでるらしいけど、アタシは見たことねぇな」

「見たことないんだ」

「そりゃそうだろ。後宮の貴妃本人が望む望まないに拘《かか》わらず、子が世継ぎの最有力候補になれば、母親である貴妃が皇后になるわけだ。逆に言えば、今の皇太子と皇后さえどうにかしちまえば、他の貴妃が召し上げられるかもしれない。だから、常に狙われてんだよ。霊子后は墓穴掘るような人じゃないってことだ」

「……ひぇえ」

「ま、こんなところだろ。城とか後宮とか、聞けば煌《きら》びやかに思うかもしんねぇけど、実際中身はひどいもんだ。アタシら底辺には関係ねぇし、大人しく獣の世話してようぜ」

「ですなぁ」

話を聞けば聞くほど祖母の言うとおりだと思える。

四聖城は人を特別たらしめる場所。皇帝のために用意された後宮という環境も、皇帝の寵愛を受けて偉くなりたいという価値観も、里の生き方とはあまりにもかけ離れていて羽にはまだ理解が難しかった。

城の常識が正しいのかどうか羽には分からない。

里の中ですら議論が紛糾《ふんきゅう》する問題ではある。だからこそ城で得た経験を里に持ち帰れたら、大人たちは大いに助かるだろう。

……ドロドロな人間関係に巻き込まれるのも首をはねられるのもごめんだけど。

とりあえず、仕事をして日々生きることに集中しなければ。

子兎を放して掃除を開始する。

里の人たちは心配しているだろうか。

城内には獣吏としてヨト族の子孫がたくさんいる。きっと、里の誰もが、獣の世話をしている子孫たちがいることを知れば驚くに違いない。

いつか里に帰れたら、土産話《みやげばなし》にしよう。
それまでどうか、みんなお元気で。

［三］後宮の神獣

羽《ユウ》が玄武宮《げんぶきゅう》に来てから一月という時が流れた。

まだまだ新顔として見られている羽だが、獣吏《じゅうり》たちとの関係は良好。女官の芽萌《ヤームオン》とも友だちとして仲良くなり、羽が想像していたようなギスギスした人間関係は幸いにも発生しないままだった。

四神《しじん》の森で得た知識や知恵は、獣吏の仕事にも大いに役立った。

その能力を遺憾《いかん》なく発揮したおかげで、その仕事ぶりは獣吏の誰からも認められるようになった。

「小羽《シャオユウ》！　こっちおねがーい！」

「蛇が脱皮《だっぴ》を始めちゃったよー！」

「亀が甲羅《こうら》にとじこもちゃった！」

「子兎《こうさぎ》！　生まれる！」

「小羽！　早く来て！」

「小羽！」

飼育場のそこかしこから羽を呼ぶ声がする。

「ちょっと待って！　今行くから！」

東奔西走《とうほんせいそう》。八面六臂《はちめんろっぴ》。

新入りであるはずの羽は、一月もしないうちに玄武宮には欠かせない獣吏になっていた。

外から来た通りすがりの一般人であるはずなのに、なぜかヨト族の子孫よりも獣の知識が豊富で、獣たちからもあっさり懐かれるし、いつも笑顔で余裕たっぷりに獣の世話をこなしている。こんな新入りがかつていただろうか？

周りからそんなふうに評価されているのにも気づかず、羽は今日も新入りとして獣と戯《たわむ》れているのだった。

いまだに森の中で聞いた、あの遠吠えの主には出会えていないけれど。夜になるとたまに聞こえてくるし、獣吏として働いていれば、いずれ世話をする機会も得られるだろう。

ひそかな楽しみだった。

その日は、朝から晴天のまま南中を迎えた。

昼の休憩の後、羽が馬の世話をしていると、風の向きがわずかに変わった。

「……血のにおい」

獣たちのにおいと夕餉《ゆうげ》の香りに混じって血のにおいがしている。人、あるいは獣。そのにおいだけでは判別がつかない。

世話をしている馬がブルルと鼻を鳴らした。

「君もわかる？」

ブルル。

「そっか」

獣は血のにおいに敏感だ。特に馬の嗅覚《きゅうかく》は人の嗅覚の何倍もあるので、危険に直結しやすい血のにおいが香れば警戒するのも当然だった。

少し早いけど、厩《うまや》に戻してあげよう。

外にいるよりも中の方が安心してくれるはずだ。

「きゃあああ！」

突然、悲鳴が上がって羽は跳び上がった。

女官たちが控える偏殿《へんでん》の方からだった。

振り返ってみると、慌ただしい足音を立てて女官が一人走ってくる。

「小羽！」

袖《そで》を振り回して駆けてくるのは、唯一の女官の友だち、芽萌だった。

「芽萌どしたの？」

荒げた息を羽の目の前で整える。

なかなか声が出せないようで、芽萌は言葉より先に行動を取った。羽の袖をがしっと勢いよく掴《つか》み、偏殿の方に引っ張る。その目は血走っていて、必死さが窺《うかが》えた。

「来て！」

「えっ……ちょっ……」

まだ馬の世話が終わっていないのに。

厩に視線を送ると、待っている馬たちはきょとんとしている。

「ごめんね！　あとでまた来るからね！」

伝わっているのかいないのか、馬は興味を失ったように目を背けた。

芽萌の慌てようを見れば、何か事件があったことは間違いないだろう。しかし、事件があったとして、こんなにも慌てて獣吏の自分が呼ばれるようなことなどあるのだろうか？

早足の芽萌の後をついていく。

「何があったの？」

「いいから！」

「ええっ。私じゃなきゃだめ？」

「だめ！　絶対にだめ！」

「……そ、そうなんだ」

もしかして。

空気にわずかに混じっているこのにおいだろうか。

「芽萌、血のにおいしない？」

「ん？　血のにおい？」

「しない？」

「しないよ?」

勘違いだったのだろうか。このにおいが原因ではないとしたら、いったい何が起こったというのだろう。

羽は訳も分からないまま偏殿に連れてこられた。

廊下《ろうか》を進んでいくと、怯《おび》えた様子の女官たちが並んでいる。その真ん中を突っ切り、羽は部屋の中に放り込まれた。

「うおっ」

よろめきながら部屋の中に入る。

かぐわしいにおいが充満した湿度の高い一室。

そこは、炊事場《すいじば》だった。

「炊事場……なんで?」

女官どころか料理人もいない。鍋《なべ》は火にかかったままで、せいろは隙間《すきま》から湯気を上げている。

今まさに料理中という炊事場で、人だけがいなかった。

「奥! で、出たの、あいつが!」

「あいつ?」

芽萌の視線の先を追うと、壁際で怯える獣が目に入った。

あいつ……つまり、ネズミだ。

廊下から部屋の中を覗《のぞ》く女官たちは、このネズミを怖れているというわけだ。

短い毛並みは茶色。人を前にして小さく震える姿は愛らしい。

羽の目に映るネズミはかわいらしいものだったが、女官たちにとっては汚らしい獣にすぎない。

炊事場に散らかる食べかすを食い荒らし、ちょこまかとすばしっこく走る様子にはぞっとする。

放っておけば駆除《くじょ》されてしまう。それが、害獣であるネズミの運命《さだめ》だ。

捕まえて逃がしてしまった方がいいだろう。

「こんにちは！」

しゃがんで声をかけてみても、ネズミは警戒を解かない。

見たところ鷲づかみで摑めるほどの大きさだ。

捕まえるだけなら、距離を詰めて手を伸ばす一瞬があればいい。

「せー……のっ」

獲物を前にした猫のように両足を折りたたみ、瞬発的な動きで距離を詰めた。

羽が伸ばした手の中に、驚愕《きようがく》した様子のネズミがしっかりと収まっていた。

「はい、つかまえた！」

おおお、と廊下から感嘆《かんたん》の声が漏《も》れる。

「早く外に出して！」

芽萌の強い訴えに苦笑しながら、羽は手の中でネズミを撫《な》でるのだった。

放すために外に出ると、女官長が待っていた。

「絢爛《けんらん》たる宮にネズミとは、まったく汚らわしい」

心底から嘆《なげ》くような低い声だった。

玄武宮の女官長、可妍《クウヤン》である。

常に美しく、という意味の名を持つ彼女は、名前のわりに容姿が特別に優れているわけでもない。神経質そうな目つきは彼女から親しみを削《そ》ぎ、ぴくりともしない口元を見れば、日頃から厳格であることは明らかだった。

玄武宮が清潔に保たれているのは、きっと彼女の厳しさのおかげなのだろう。

「お見事でした。獣吏、羽」

「……どうもです」

「ですが、まだ他にもネズミがいるかもしれません。そうですね？」

「まあ、はい。また出るとは思いますけど」

「では、毒餌を作ってもらえますか？」

「なるほど」

毒餌、ときたか。

「毒餌はやめたほうがいいですよ」

予想していなかった返答に可妍は眉《まゆ》をしかめた。

「……なぜですか？」

「この子は毒に耐性のあるクマネズミの一種です。そもそも真っ直ぐに毒餌に食らいついてくれるほど素直な子じゃありませんよ。それに、この子にも効く毒となると人体にも危険ですし、食べ物を扱う場所には、置かない方がいいかと」

森の中にも野ネズミはいる。

たいていの場合はイタチやワシがネズミを捕食しているが、そのくらいでは到底全滅させられないほど数は多い。里の中に現れると、ただでさえ脆弱《ぜいじゃく》な家に隙間を作ったり、豊作でもない作物を食い散らかしたりするので、ネズミを嫌う里の者は多かった。

大人から教わった毒餌の知識もあるが、使う場面はない。

祖母は言っていた。

餌に溢《あふ》れた森の中でわざわざ里に来るようなネズミは、迷いネズミか天敵から逃げてきた臆病者なのだと。

そんな子を駆除する気にはなれないのだ。

「では、獣吏として、あなたはどうするべきだと？」

「まずは、わずかな隙間も徹底的に塞《ふさ》ぐことです。ネズミにとって居心地の良い場所じゃなくなれば、おのずと来なくなりますから。あとは――」

可妍の後ろで待機している女官たちを見比べる。

お目当ての人物は――――いた。

「そこの人」

「わ、私？」

「夜のつまみ食いはやめましょう！」

「………えっ」

「ネズミは夜行性ですし、微《かす》かな食べかすにも寄ってきます。人の目からは完璧《かんぺき》に掃除《そうじ》しているように見えても、ネズミにとっては宴《うたげ》の会場に見えていることだってあります。なので、夜に新鮮な食べかすをばら撒《ま》くのが一番よくありません」

「ば、ばれてたんだ……」

女官はいたずらを咎《とが》められた子どものように顔を赤くした。

周りの女官が、ずるい……と口にする一方で、怒気を蓄《たくわ》えている者が一人。

「……つまみ食いですって？」

殺気だ。

獲物を狩る肉食獣のような冷えた殺気が女官長から放たれている。眉間《みけん》には深く溝《みぞ》が刻まれ、こめかみには青筋が浮かんでいた。

「ごごごごめんなさい！　空腹に耐えられなくて！」

「我らが清廉《せいれん》な玄武宮でネズミなど言語道断《ごんごどうだん》！　あなたは罰として、一日ご飯抜きです！」

「ぐわあああ！　どうかご勘弁を！」

「さあ、夕餉《ゆうげ》の準備を。あなたは人一倍働きなさい」

「準備だけさせてご飯抜きなんて殺生《せっしょう》な！」

「口答えしない。それとも、三日にしますか？」

「ご、ごめんなさい！　やります！」

あはは……と、後ろで羽は苦笑する。

まさか夜のつまみ食いが禁止事項だったとは。

悪いことをしてしまった気もするが、ネズミを締め出したいなら黙っているわけにもいかないし、嘘を吐くのでは意味がない。獣吏としてできる限りのことはやったのだから、良しとしよう。

羽は自分を納得させて持ち場に戻るのだった。


ネズミを外の茂みに放してやった。

勝手に後宮を出てはいけない決まりになっているが、見張りの宦官《かんがん》にネズミを見せると、嫌な顔をしつつも立ち会いのもとで少しだけ外に出させてくれた。

少なくともこのネズミが後宮内で出ることはないだろう。森の方へ行ければ食料にも困らないはずだ。

「小羽～！」

獣吏の宿舎の方へ歩いていると、元気な声が聞こえてきた。

芽萌が寸胴《ずんどう》を手にしている。

「さっきはありがとね！　持ってきたよ、食事！」

「待ってました！」

待ちに待った食事の時間！

一日を締めくくる最高のひとときだ。

「ごめんね、いつも残飯で」

「いいのいいの。残飯でも宮廷料理であることに変わりはないから」

寸胴を受け取ってみると、いつも通りずっしり重い。

蓋《ふた》を外したらほのかな湯気と共に料理の香りが立ち上った。

「やっぱり血豆腐が入ってる！　血のにおいはこれだったったんだぁ」

「これのこと言ってたんだ。鼻がいいんだから」

「そういえば、どうしてつまみ食いに気づいたの？」

つまみ食い……女官の話か。

「気づいたというか、見てたから」

「えー？　もしかして羽もつまみ食いした？」

「しないしない！　炊事場《すいじば》の窓が開いてたの」

「あ、そっか。獣吏は夜でも外で獣のお世話するもんね」

「そうじゃなくて。炊事場の正面に獣吏の宿舎があるでしょ？　窓から見えちゃうんだよね。ここ最近、忍び込んでる女官がいたから」

「ちょっと待って。じゃあ、羽は獣吏の宿舎から見てたってこと？　かなり距離あるよ!?」

「目はいいから」

正面とはいっても獣吏舎と炊事場の間には、池や石で導線を引かれた通路などがある。それも女官が忍び込んだのは夜だった。一般人にはとてもではないが、顔まで判別できるような距離ではなかった。

「目もいいし、鼻もいいし……獣みたい。あんまり人には言わない方がいいかもね」

「あはは、そうだね」

後宮内で獣吏という役職は最底辺。

今の羽の生活圏内には心優しい人が多いから忘れそうになってしまうが、獣なんて汚らわしいものという価値観は根強く、それ故に獣吏も尊敬されなくなってしまったという背景がある。

時々、思い出す。

城下町で人から受けた仕打ち、後宮内に連れてこられた経緯を。

いつ何がきっかけで周りの人々がそうなってしまうとも限らない。人並み外れた視覚や嗅覚《きゅうかく》……本当はここに聴覚も加わるのだが、獣染みた能力のことなど、あまり人には話さない方がいいだろう。

「ねぇ、羽」

「ん？」

いつも快活な芽萌の表情はどこか暗い。

「どうして女官じゃなくて、獣吏なんかに……」

言いかけて、芽萌はすぐに言葉を切った。

「ごめん、なんでもない。聞かなかったことにして」

「別にいいのに」

「私は羽のこと友だちだと思ってるからね」

「ありがと。私もだよ、芽萌」

「……うん」

「じゃ、私そろそろ戻るから。夕飯、ごちそうさま」

「うん、おつかれさま」

両手で抱える寸胴はまだ温かい。

今日の料理はどんな味がするのだろうか。一月ほど毎日食べさせてもらっている料理だが、これまで不味《まず》かったことなど一度もない。

思わずこみ上げてくる笑みを抑えられないまま、羽は暢気《のんき》に宿舎へ歩いていくのだった。

「みんなー！　残飯もらってきたよー！」

寸胴を抱えたまま獣吏舎の扉に勢いよく体をぶつけて開け放った。

暗い表情の獣吏たちが、堅い床に座って各々《おのおの》過ごしている。

「残飯で喜ぶんじゃねぇよ、馬鹿」

いつもの明明だった。

「まあまあ、見てなさい」

寸胴を食卓の上に置く。

残飯とはいえ後宮料理だ。盛り付けさえきれいにできれば最高の姿を取り戻すはず。まだ温かいのだから、これを残飯と呼ぶのはむしろ料理に失礼だ。

「さあ、こうして、こうして、こう……」

寸胴の中でぐちゃぐちゃに混ざった料理をできる限り分けて皿に盛り付けていく。皿の上でめちゃくちゃになれば意味はない。素材が重ならないように、丁寧《ていねい》に。

「できた！　残飯の満漢全席《まんかんぜんせき》！」

盛り付けられた料理は、寸胴の中でごった煮にされた姿よりは幾分、見目が良くなっていた。しかし、羽の美的感覚では満漢全席だったとしても、他の人が同じように評価してくれるとは限らない。

明明は、あほか……とため息を吐いた。

「残飯に変わりはねぇだろ。見た目も大差ねぇぞ」

「いただきまーす！」

「ほんっと、お前ってお気楽なやつだよな。どこの田舎《いなか》育ちだよ。残飯だぞ、残飯」

「残飯とはいえ、宮廷料理が食べられるんだよ!?」

「これを宮廷料理と呼ぶな！　料理長が泣くぞ！」

「ちゃんと美味《おい》しかったって伝えてるから！」

「やめろ、馬鹿！　獣吏なんか年々待遇が悪くなってんだ。お前みたいに喜ぶやつがいたら万が一にも改善はねぇだろ」

「そう？　ご飯は美味しいし家もあるし、獣がいっぱいで楽しいじゃん。幸せだよ」

幸せという強い言葉に獣吏たちの視線が羽に集まった。

どの目も無言で理解できないと訴えている。

「……お前、ほんとにすげぇな。こんな獣と大差ない扱いで幸せかよ」

「おかしいなぁ。獣吏は名誉な役職だって聞いてたんだけどなぁ」

「だから前にも言っただろ。そんなもん、四神の森の信仰が残ってた時代の話だ。アタシらの先祖が先住民扱いされてた頃だよ」

「ヨト族ね」

「つーか、お前、変だよな。なんで外から来たのに女官じゃなくて獣吏になってんの。まあ、ヨト族の子孫しかなれないっていう縛《しば》りが緩《ゆる》くなってんのも、獣吏がないがしろにされてることの証明かもしれねぇけどさ」

「んー」

正直に話すわけにはいかなかった。

自分が四神の森の奥から来たことはもちろん、そこにヨト族の里があるということも。

「城下町で買い物してたら……」

「おう」

「役人に捕まって」

「あ？」

「本当は下級女官にされるはずだったんだけど、身分照会ができず……」

「はぁあ？」

「身分照会ができないと女官になれないみたいで。だから、獣吏になった！」

「いや、意味分かんねぇけど……まあ、なんだ……。世の中ってやつは理不尽だ。お前も災難だったな……」

あれ？

できるだけ明るく伝えたはずなのに、獣吏たちの反応は同情に満ちたものだった。かわいそ……

と呟《つぶや》くのが耳に入る。庶民《しょみん》が後宮に入れてもらえるだけでも相当な幸運だと思っていたのだけれど、そういうわけではないのだろうか。

里に一報入れたい気持ちはあるものの、身分を隠さなければいけないことを思えば、これ以上できることはないだろう。よくやっている……と、羽は自分自身を評価していた。

「そんなに災難かなぁ」

「災難だろ。ほんとに変なやつだよ、お前は。メシは不味いし獣くせぇし、ここより最悪な環境があるかよ」

その時、開けっ放しの扉から差す西日に影が落ちた。

「まあ、なんて不潔な……」

振り返ると、そこには女官長の可妍がいる。

「女官長……」

「失礼」

言いながらも可妍は袖《そで》で鼻を押さえている。

可妍の後ろからひょっこりと顔を出したのは芽萌だ。その顔は青ざめている。目が合うと、声を出さずに口の形だけで「ごめん」と伝えてきた。

ごめん？

「さて、準備はできていますか？　今夜から一ヶ月、玄武宮の当番ですよ」

その一言で宿舎の空気が凍り付いた。

「おい、聞いてねぇぞ……」

と明明《メイメイ》が言い出せば、他の獣吏たちも堰《せき》を切ったように慌て出す。

「私、暦《こよみ》なんて読めないもん……」

「心の準備が……」

「やだぁぁ……」

その光景を目の当《ま》たりにした可妍は頭を抱え、芽萌はさらに同情するように目を瞑《つむ》った。

何やらただならぬことが起きているらしいが、羽にはまったく分からなかった。

「なんの話？」

誰にも余裕はなく、羽の疑問は答えられないまま流された。

可妍の表情が厳しいものになる。

「あなたたちに期待などしていませんが……獣吏の失態は玄武宮全体の恥《はじ》。我々の顔に泥を塗るようなことだけはしませんよ」

再び凍り付いた空気に「以上です」と言い放って可妍は去っていった。

「ご、ごめん」

芽萌が小声で言い残して可妍の背中を追いかける。

「まったく……汚らわしい場所」

聞こえないつもりで言ったらしい可妍の言葉は獣吏の全員が聞いていたが、今さらそんな言葉一つに心がざわつくことはない。それよりも、もっと大変な事態に直面してしまっているからだ。

扉を閉めた明明は、頭を抱えてその場に座り込んだ。

「くっそー!」

「ねぇ、どういうこと? 当番?」

「ああ、そうか。お前はこれを知らねぇからお気楽でいられたんだな……」

「そんな大仕事が……」

「四聖城に神獣《しんじゅう》って呼ばれる獣がいることは知ってるか?」

「……神獣?」

「そいつを一ヶ月ごとに各宮殿持ち回りで世話してんだよ」

「それってもしかして遠吠えの子!? 楽しそう!」

いつか森の中で聞いた声だろうか。

あの切なそうな鳴き声は、ここに来てからあまり聞く機会は多くなかったが、城内にいることは間違いないはずなのだ。一月過ごして確信したが、あれは犬でもないし、狼でもない。まだ見ぬ神獣の声だったのだと言われれば納得がいく。

否応《いやおう》なく昂揚《こうよう》してきた。

しかし、その様子を見た獣吏たちは頬《ほお》を引き攣《つ》らせている。

「お前ってやつは……ぜんっぜん分かってねぇな！」

「へ？」

明明にガシッと両肩を摑《つか》まれた。

獣吏たちが集まってきて羽を取り囲む。

「神獣なんて化け物だよ!?」

「私たちより何倍もデカいんだから！」

「羽なんて食べられちゃうんだからね！」

「そ、そうなんだ……」

だから嫌そうにしていたのか。

獣だとしたら、話せば分かりそうなものだけれど。

「よし、良い機会だ。羽、今日はお前が行ってこい」

「べつにいいけど、どこに行けば？」

「鸞宮《らんきゅう》だよ」

そこは、四つの宮殿のどれでもない場所だ。

明明に連れられて宿舎の外に出た。

すっかり陽が落ちた城内には、ところどころに明かりのための火が灯っている。後宮を囲う壁に上って見下ろすと、すぐ下には、内宮の中でも前を通るのに緊張してしまう建物が並んでいる。

「あれだ」

三つ並んだ宮殿のうちの一つ。

東側に位置する宮殿が、鸞宮だった。

「えっと……たしか、偉い人がいる場所だよね」

「ああ。皇帝の寝所が麒麟宮《きりんきゅう》で、皇后は鳳凰宮《ほうおうきゅう》。そんで、鸞宮は……皇太子がいる場所だ」

「皇太子……」

「今の四聖城の皇太子といえば、近づいた者を不幸にすると言われてる。誰もが怖れる呪いの子だ。神獣がいる危険な鸞宮に住まわされてんのも……皇帝から遠ざけるためじゃないかって噂《うわさ》だ。皇太子がいるのに後継者争いが終わらねぇのも、こういうところに事情があんじゃねぇかな」

「呪いに神獣……って、普段聞かない単語ばっかりだね」

「普段聞かないってことは、それだけ遠ざけられてんだよ。もちろん、危険だからだ。これで分かっただろ。幸せなんか欠片《かけら》もねぇんだよ。お前も覚悟決めろよ」

「…………」

呪いも神獣も、たとえ危険なものだったとしても自分の目で見たわけではない。何よりも、あの遠吠えの主が危険な獣だとは思えなかった。

「まあ、そう落ち込むな。んで、期待もするな。最底辺の仕事なんてな、それくらいがちょうどいいんだよ。アタシらは、お上《かみ》の言うがままに黙って働いてりゃいい」

「でも……神獣なんだよね。神の獣、だよね？」

「化け物をそう呼んでおけば、少しは気も楽だろ？　ほんとに神の獣ならここまで蔑《ないがし》ろにされねえし、世話するアタシらももうちょい尊敬されてるって」

「……そっか」

「神獣の世話なんてな、誰でもいいんだ。どうせやることなんてほとんどない。結局、食い殺されても構わない身分の仕事なんだよ。お前も適当に済ませてすぐ帰ってこいよ」

「……わかった」

納得いくわけではない。

だからこそ、自分で確かめなければ。

明明に背中をやんわりと押されて羽は鸞宮にやってきた。

今夜は満月が出ている。

それでも明かりのない鸞宮は、内宮の中でも一際《ひときわ》暗い場所だった。

人の気配も少なく、とても皇太子という次代の皇帝が住む場所とは思えなかった。

「……本当に危険なのかな」

夜空の下にこぼれたひとり言はどこへも響かない。誰に届くこともなく、少しだけあった不安は紛《まぎ》れるどころか色濃くなって胸の奥に居座った。

鸞宮をゆっくりと歩く。

踏みしめる床は堅く、どれだけ早く歩いても土のように崩れるはずはないのだが、羽は夜の森を歩くよりも慎重に歩を進めていた。

やがて大扉の開け放たれた部屋が見えてくる。

微《かす》かに漂ってくる香りは獣のものだろうか。

優雅で夜の草原を思わせるようなやわらかな香りには、ひそやかな甘さが混じる。遠慮《えんりよ》がちに香る高潔さは日なたを知らず、月明かりに照らされて夜にだけ咲く花を思わせた。

孤高と言えば聞こえは良いが、どこか寂しさが拭《ぬぐ》えない。

その印象は、いつか聞いた遠吠えの主によく似合う。

部屋に近づくほどに不安が薄れる。

そこで待っているのだ。

遠吠えの、君が。

「神獣……！」

羽は部屋の前に立った。

薄れかけた不安が、雪崩《なだれ》のように襲いくる。

暗闇の中に銀色の毛並みの四脚獣が一匹、豪奢《ごうしや》な絨毯《じゆうたん》の上で腹ばいになって鎮座していた。狼に似た姿をしているが、羽の知る狼とはにおいが違った。

対峙《たいじ》する者を射殺すような鋭い眼光、鉛《なまり》を思わせる銀灰色《ぎんかい》の毛並みはとげとげしく、凜々《りり》しい顔つきは誰かになつく姿など似合わない気品があった。

野生ではない。

飼い慣らされてもいない。

この神獣は、ただ一匹でここに存在している。

そう確信してしまうほどに、獣として獣らしく生を謳歌《おうか》している姿を想像することができない。

神の獣、まさしく。目の前の生き物を理解するための呼称として、神獣以上に相応《ふさわ》しい呼び名はありえないだろう。

ごくり、と生唾《なまつば》を飲み下す。

神獣は人を前にして呼吸一つ乱さなかった。

普通の獣であれば警戒するところだ。しかし、そうしないのは、人など取るに足らない脅威《きょうい》だと理解しているからだった。神獣の気まぐれで、いつだって食い殺せる。それだけの牙や爪を持っている。

羽が世話をしなければいけない相手は、そんな獣だった。

獣吏たちが噂する姿に違《たが》わない化け物――。

「…………いや、違う」

初見の印象は人と相容《あいい》れない化け物かもしれないが、よく観察してみれば印象は変わる。

銀灰色の体毛は、恐らくろくに手入れをされず汚れている状態だ。

今までの獣吏たちは、この神獣を恐れて職務を放棄していたのだろう。ちゃんと食事を摂《と》っているおかげなのか、痩《や》せこけた様子はない。だというのに、放つにおいは肉食獣のそれではなかった。つまり、神獣は肉を食べていないのだ。

だとすれば、人だって仲良くできるはずだ。

羽は意を決して神獣が黙坐《もくざ》する闇の中に一歩踏み入れた。

「はじめまして、神獣さん――」

その瞬間、神獣の呼吸が変わった。

牙をむき出しにしてうなり声で威嚇《いかく》する。

近づいてきた人の子を容赦《ようしゃ》なく食いちぎれそうな大口を開けて跳び上がった。

これが――神獣。

銀の牙の向こうには、漆黒《しっこく》の深淵が待ち受ける。

「アタシは馬鹿か」

明明は月下に一人呟《つぶや》いた。

わざわざ手燭《てしょく》を持って鸞宮の廊下《ろうか》を歩いている。

一月ごとに各宮殿持ち回りで神獣の世話をするという罰に等しい仕事。担当になった獣吏はしばらく体調を崩して精神を病むこともあった。羽がいくら獣好きで世話も得意とはいえ新入りには変わりない。

せっかく仕事ができる貴重な人手だというのに、ここで潰れてしまう可能性だってあるわけだ。

もしも、万が一なんてことが起きれば……。

いちいち最悪な想像をしてしまう。

「くっそ……ほんと不気味だよな、ここ……」

縮こまった肩で少しでも目立たないように歩く。

何かが出てもおかしくない雰囲気《ふんいき》だ。普段は強気な明明でも、この宮殿の他にはない異様な空気だけはどうしても慣れなかった。

――――ガサッ。

「ひっ！」

茂みが音を立てた。

跳び退ると、草の間からネズミが顔を出していた。怯《おび》える明明の心情を知ってか知らでか、話しかけるようにチューチューと呑気《のんき》に鳴いてくる。

「ビビらせんじゃねぇ！」

叫ぶと、ネズミは一目散に逃げ出した。

まったく……柄《がら》でもない。

羽の様子なんて見に来るんじゃなかった。

この仕事に落胆《らくたん》も期待もするなと言ったのは自分ではないか。

新入りがどうにかなったところで知ったことではない。

神獣の世話なんて特に関わるべきではないのだ。

これまで幾人もの有能な獣吏が神獣の世話に挑んだが、誰一人としてあの化け物に心を許されたやつなんていなかった。当たり前だ。あの化け物に獣と同じ心なんてあるわけがないのだから。

今のところ玄武宮では最悪な話など聞かないが、過去には他の宮殿の獣吏が神獣に喰われたという話もある。

馬や子兎《こうさぎ》になつかれるのとは訳が違う。

どれだけ獣の扱いに長《た》けていても、そんな次元の話ではないのだ。

あんな化け物が人に手なずけられるわけがない――。

「きゃあああああああああ！」

神獣の間から響く、羽の悲鳴。

だから……言わんこっちゃない！

「羽っ！」

明明は手燭をその場に放り投げて全力で疾駆した。

間に合え。

こんなとこで、死ぬんじゃねぇぞ！

脇目も振らずに神獣の間に飛び込む。

「んも――!!　かわいいいいいい！」

もふもふもふもふもふ…………。

…………は？

そこには白銀の毛並みに抱きつく羽の姿があった。

神獣ってあんなにきれいな姿だったっけ？　ああ、布と桶《おけ》がある。こいつまさか、あの神獣の全身を拭いてやったってことか。よくできたな、そんな恐ろしいこと。そもそもなんでこいつこんなに密着できてんだよ。神獣の方はむしろ困惑してるし、あの化け物がまるで普通の獣みたいに……じゃあ、まさか、あの怪物を手懐けたってのかぁぁあああ!?

羽……お前、いったい何者なんだよ……！

………。

なんか、腹立つわ。

明明は声もかけずに神獣の間を後にした。

「無事そうなら別にいいか……幽霊になったあいつに恨まれたくなかっただけだしな。枕元に立たれたら、ただでさえ最悪な環境が目も当てられなくなっちまう」

神獣の間からは、やはり楽しそうな声が聞こえてくる。

はぁぁ、と長いため息が出てしまった。

「何してんだろ。手燭も壊しちまうし。さっさと帰ろ……」

うちの新入りはとんでもない問題児だ。いろんな意味で。

改めて思いながら、明明は玄武宮の獣吏舎に帰るのだった。


長く細い遠吠えが夜空に響いていた。

鸞宮、神獣の間。差し込む月明かりは柔らかく、一人と一匹が暗闇で寄り添うための仄《ほの》かな光を作り出す。

「そっか。やっぱり、君だったんだね」

背中を大きく撫《な》でると、神獣は呆《あき》れたように足を折ってその場に寝た。

この子が、森で聴いた遠吠えの主だ。

化け物なんてとんでもない。あの時の寂しそうな鳴き声の印象通りの頼りない獣だ。

「寂しいんだよね、君は」

「…………」

「神獣なんて呼ばれて。こんなところで一匹にされて」

「…………バウッ」

肯定なのか否定なのかも分からない返事がある。

「君は普段なにを食べてるのかな？」

「…………」

「遊んだりしないの？」

「…………」

返事はない。

神獣はじっと羽の目を覗《のぞ》き込んでいる。

お互いの息づかいがはっきりと聞こえていた。息がかかるような思わずにやけてしまいそうな距離で、一人と一匹が向かい合う。

「君は本当にきれいな顔をしているねぇ」

褒《ほ》めてみると、ふいっと顔を逸《そ》らされてしまった。

神獣には人の言葉や感情をある程度理解する知性はありそうだった。これから世話をしていくうちに意思の疎通《そつう》はできるようになるだろう。それだけ賢い獣だ。自分が孤立していることも理解できているに違いない。

神獣の間に鍵《かぎ》はない。

首輪や鎖もなく、逃げようと思えばいくらでも逃げられる環境だった。しかし、神獣はこの場所こそ自分の居場所なのだと理解しているかのようにどっしりと構えて動かない。

なぜ出ていかないのか。

人に疎《うと》まれ恐れられる今の環境は、決して最適な場所とは言えないはずだ。

今の羽には神獣の気持ちはまだ分からない。

獣吏の誰もがこの子を無視するというのなら。

「私が……お世話してあげなきゃね」

ふふ、と思わず笑みがこぼれてしまう。

その顔を白銀の毛に押しつけて隠した。

四聖城に来て一月が経ち、日々の仕事や生活にも慣れてきた。いつか会いたいと思っていた遠吠えの主にも会えたし、やりたかったことをすべて達成してしまった。

獣吏たちに言ってあげないと。やっぱり、幸せだよ、と。

しばらく後宮を出ることはできないだろう。この子と同じように。

それでも、これだけ好きなものに囲まれて生活できるなら悔《く》いはない。

大昔に里を離れて城に入ったヨト族の先祖たちも、同じ気持ちだったのかもしれない。

夜は更けていく。

ふさふさの毛並みに顔を埋めながら、羽は夢を見るのだった。


父親と母親の顔は思い出せず、いたのかどうかも分からない。

思い出せる一番古い記憶は、木漏れ日《こもびれ》の中で狼の腹を枕に寝ていた記憶だ。光が差す森の中で、ゆっくり目を開けると風に揺れる枝葉が見えた。鼻先を狼のふわふわした毛がかすめてくしゃみをした。それから何度も森で遊び、疲れ、眠ってしまう日々を過ごす中で、そんな記憶は他愛《たわい》のない日常になっていった。

育ての親は祖母だが、自分は森や獣に育てられたと言っても過言ではない。

だから父親や母親の代わりに思い出す。

もふもふの毛並みと生き物の体温。

自分を受け入れ、包み込んでくれるその感触が、どうしても恋しくなることがあるのだ。

神獣の毛並みは、そんな羽の始まりの記憶を想起させた。

朝の光が閉じたまぶたに刺さる。

もう、朝……。

「あっ！　寝てた!?」

羽は飛び起きてしまった。

昼の明るさに照らされた部屋の中は、夜とはまた違った景色に見えた。

あろうことか、仕事中に眠ってしまったらしい……。

後宮で獣吏として働くようになって一ヶ月。まさかこんな失態を演じてしまうようになるとは。

「でも、神獣がいけないんだよ～。あんなあったかい毛に包まれたら眠くなるに決まってるもんね。ねぇ？　おはよ、神獣――――」

隣に視線を移し、羽は言葉を失った。

人よりも良いと言われた己の視力が信じられなくなった。

そこにいるはずの神獣の姿はなく、代わりに一糸まとわぬ姿の美男子が眠っていたのである。

「なに……これ……？」

夢でも見ているのだろうか？

今すぐ逃げたい衝動を抑えて昨夜何があったのかを思い出す。

神獣のお世話をするために鸞宮に来た。神獣の毛並みが汚れていたから隅々まで拭いてきれいにしてあげた。その後、すっかりもふもふになった毛並みに抱きついて感触を堪能《たんのう》していたら、いつの間にか寝てしまって……。

この男、どこから出てきた？

もふもふの神獣はどこへ？

寝る直前までたしかに一緒にいたはずなのに……。

いや、それよりもどうして――この人は裸なのか！

「……いやぁぁぁ」

脳内は大混乱だった。

何も変なことはしていないはず……してないよね？

よく見たら人じゃなくて獣……なわけがない。あまりにも肌色すぎて直視できない。薄目を開けてちらちらと横目で見てみると……たしかに男だ。宦官《かんがん》ですらない。

きれいな長髪が絨毯の上で乱雑に広がる。高貴な雰囲気《ふんいき》を纏《まと》った銀髪だった。光に当たると淡い緑が反射し、宝石のようですらあった。

人の寝顔とは得てして作りが悪いものである。

しかし、この男は熟睡してなお造作の狂わない完璧《かんぺき》な顔をしていた。里にいた男たちとはまるで種類が違う。ばっ、と慌てて背を向ける。直視していたらそれだけで罪になりそうだった。

これが身分の低い男だとしたらなんのために城があるのか。城とは国宝にしなければいけない容姿を持った者を囲うためにあるのではないか。どうあがいても、すべての要素が、この男はやんごとなき身分の人であると示している。

下女ごときが……それも最底辺の獣吏ごときが……近づいていい人間ではない。

「私みたいな身分の低い女が誘惑して床《とこ》を共にしたなんて誤解されたら……」

追放？

まさか。

良くて斬首刑《ざんしゅけい》。

拷問《ごうもん》にかけられても文句は言えまい。

「い、嫌あああ！」

「んん〜っ」

全身に怖気《おぞけ》が走った。

背後で気持ちよさそうに唸《うな》る声がする。

そんな……まさか……起きた……？

がちがちに固まった関節を無理やり捻《ひね》って恐る恐る振り返る。

「ん、おはよう」

爽《さわ》やかな笑顔が、羽には死刑執行官のものに見えた。

「ひぃいいいいい！」

すかさず跪《ひざまず》いて頭を床に押しつける。

「こっ、これは何かの間違いです！　私は神獣のお世話をしに来た一介《いっかい》の獣吏で！　決してやんごとなき方の寝所に忍び込んだのではないです！」

なんとか誤解を解かなければ！

獣吏の失態は玄武宮全体の失態になってしまう。ああ、どうかお許しを。獣吏のせいでも女官のせいでもないのです。ただただ何かありえない間違いが寝ている間にあっただけで……ああっ、どうして寝てしまったのか！　あのもふもふがいけない！

「と、とにかく違います！　違うんです！　ど、どうかお許しを！」

「君は何を言っているんだ？」

「何をって……」

顔を上げると、目の前に顔があった。

非の打ち所のない美男子が視界いっぱいになるまで近づいている。森の中で育った羽にとって獣とその距離になることはあっても、男とそうなることはありえない。ましてや里に存在しない絶世の美男子。

滝のような汗が全身を流れていた。発情期の熊と喧嘩《けんか》になった時でもこれほどの汗はかかなかったのに……。

なんでこんなに近いの……。何この距離感。高貴な人が下女に興味を抱くわけないんだから……はっ、まさか犯人の顔を覚えようとしている!? どうしよう、絶体絶命……!

突然、美男子の表情がぱっと華やいだ。

「こ、これは！」

「ひっ」

顎《あご》をぐいっと摑《つか》まれ、ぶつかり合うような距離で目と目が向かい合った。

「宝石の如ききれいな瞳……君の目は、もしかして……！」

目は……だめ！

羽は咄嗟《とっさ》に手を振り払って距離を取った。

「下女をからかうのはやめてください！」

顔を背けながら精一杯に言い放つ。

これ以上は限界だ。不敬《ふけい》と言われようとも逃げる以外にできることがない。そう判断してからの

行動は早かった。

よろめきながらも部屋の外へ転がり出る。

弾むように立ち上がった羽は、鸞宮の廊下《ろうか》を全速力で走った。

逃げるように玄武宮を目指す。

走るくらいでそうそう息は上がらないが、ずっと心臓が早鐘を打っている。

美男子と見つめ合ったからではない。

目だけは、だめなのだ。

ヨト族には普通の人にはない特徴がある。

夜行獣のように夜目が利《き》く。だから手燭《てしょく》なしで暗闇の鸞宮を歩いてこられた。自分ではあまり自覚はないけれど、瞳を覗《のぞ》き込めば普通の人と違う特徴に気づかれてしまうかもしれない。

そして、恐らく。

あの人は、城の外を走っていたときに見た人だ。

華美な衣に身を包んだ高貴な人物。それは彼に違いない。四神の森から走ってきたのが獣ではなく人だったことには既に気づいているはず。その人物が後宮の獣吏になっているなんて想像もしていないだろうが、何かの拍子に思い出してしまったら一巻の終わりだ。

ましてや四神の森から走ってきていたその人物が、ヨト族の目を持っていると知ってしまえば……。

必死に走る羽の頭の中を、恐ろしい想像が駆け巡る。

たった一夜で玄武宮と里の者全員を危機にさらしてしまうなんて！

「ああ……私はなんてことを！」

ごめんなさい、ごめんなさい、ごめんなさい！

誰にともなく謝りながら、羽は周りも見ずに後宮内を駆け抜けていくのだった。


「ただいまぁ！」

外でたっぷり深呼吸した後、羽は空元気で獣吏舎の扉を開け放った。

衣を纏《まと》わぬ美男子のことなど忘れて、獣吏としていつも通り仕事をしよう。獣に囲まれて一日を過ごせば、嫌なことなど忘れられるはずだ。

「おかえりっ！」

「えっ!?」

その瞬間、獣吏たちが一斉に飛びついてきたので羽は面くらった。

「神獣を手懐けたって本当!?」

「噛《か》まれなかったの!?」

「どこか食べられてない？」

「触れる！　幽霊じゃない！」

「小羽すごいよー！」

好き勝手に言いたいことを口にしながら獣吏たちは羽をもみくちゃにした。せっかく忘れようと思っていたのに周りがそうさせてくれなかった。そうか、昨夜から今朝にかけて自分は神獣のお世話をしていたのだ。断じてやんごとなき身分の男の世話ではない。

男のことは忘れてしまえ。

……あれ？

手懐けた？

「な、なんでみんな知ってるの!?」

同僚を一気に振り払う。

頭が急速に冷えていった。

神獣を手懐けたかどうかなんて見なければ分からないはずなのに。

まさか……と、不安に苛《さいな》まれていく羽のことなどお構いなしに、獣吏たちはやいのやいのと英雄でも迎え入れるようにはしゃいでいる。

その中には一番見慣れているはずの獣吏がいなかった。

「アタシが見に行ったんだよ」

明明が部屋の奥で壁にもたれて座っていた。他の獣吏と違って落ち着き払った様子の彼女は、いつもなら憎まれ口を叩いてもおかしくはないはずだが、今日は目も合わせてくれなかった。

「明明、見てたの……?」

「ああ。幽霊になったお前に呪い殺されたくなかったからな」

見られた。

いったい、どこからどこまで……?

神獣のお世話をしている時ならいい。でも、もしも、裸の美男子と床を共にしているところを見られていたとしたら……。

「いつから……?」

「うまいことやってたからすぐに帰ってきた。ま、もふってるのをうまくやってたって言うなら、だけどな」

もふっていた……ということは、相手が神獣だった時のことだろう。すぐに帰ったのだとしたら、全裸の男など見ていないはず。少なくとも眠ってしまったのは夜が更けてからだったはずで、起きているうちは相手も神獣だったはずだから。

「そ、そっかぁ」

安堵を必死に隠して返事をした。

あぶなかった。なんとか切り抜けられたらしい。

「だがしかし! 神獣手懐けたからって昼の仕事を免除するつもりはねぇ! きっちり働いてもらうぞ!」

「はーい！　獣のお世話ならいくらでも！」

「あ？　神獣だって獣だろうが」

「そうだねぇ。獣だねぇ」

あぁ……あのもふもふの毛並みは思い出すだけでも幸せな気持ちになる。

「なんだよ、変なやつ」

朝食の後、獣吏たちはよろよろと宿舎を出た。

あまりやる気の見られない様子はいつも通りだ。羽以外の獣吏にとって、日々の獣の世話は決して手放しで楽しいと言えるものではなく、苦労の絶えない仕事なのだった。

後宮の中でも玄武宮で飼われている獣の世話は楽な方だ。

四神が一柱――玄武になぞらえて集められた獣は、亀と蛇はもちろん、水辺の生物や兎《うさぎ》など大人しい獣が多い。虎を飼う白虎宮《びゃっこきゅう》や熊猫《パンダ》を飼う青龍宮《せいりゅうきゅう》に比べれば、危険も少なく楽だと言えるだろう。

掃除《そうじ》、餌《えさ》やり、健康状態の記録、環境整備……などなど。午前の仕事が終わっただけで、獣吏たちはひっくり返るほど疲れていた。

「羽……お前、余裕そうだな」

汗拭き用の布を頭から被《かぶ》った明明が唸る。

「獣と戯《たわむ》れるのは楽しいからねぇ」

男の裸から始まってしまった一日だ。乱されていた心が獣によって浄化されていく気がして、普段よりも仕事が楽しく感じられた。

「楽しいだけで仕事が務まるかっつーの」

「やり残した仕事あった？」

「ねーよ。お前の仕事は完璧《かんぺき》だ。ヨト族の子孫のアタシらより知識も経験もある。いったいなんだってんだよ……」

言いながら明明は宿舎に戻っていった。

「知識も経験も……どれのこと言ってるんだろう。ヨト族の子孫だったら、どれも常識だと思うんだけど……」

昼の休憩中は、食事よりも先に疲れ果てて眠ってしまう獣吏もいる。そもそも昼に与えられる食事は少なく、全員で分けると大した量にならないのだ。日頃から残飯を不味《まず》いと思っている獣吏もいて、無理して食べないことがあっても仕方がない。

羽はしっかりと昼食を摂《と》った後、宿舎で兎を撫《な》でているところだった。

宿舎の扉がゆっくりと開いた。

「失礼する」

寝ていた獣吏たちが飛び起き、叫んだ。

「……殿下!?」

でんか？　と、羽にとって耳慣れない言葉を復唱してみると、横にいた明明が「バカ！」と罵倒《ばとう》しながら頭を押さえつけてくる。

「皇太子殿下……鏡水《ジンシュイ》様だ！」

華美な召し物に身を包んだ立ち姿は神々《こうごう》しい。獣のにおいが漂う獣吏の宿舎なんかには不釣り合いな人物。白銀のきれいな長髪は、こんな場所でも輝き美しく見えた。

今世でも比類なき高貴な身分の御方が、従者を一人連れて玄武宮の獣吏の宿舎を訪れていた。ただちに獣吏たちが壁際に並んで正座をし、頭《こうべ》を垂れる。

羽は、その高貴なる訪問者に見覚えがあった。

「今朝の……」

こんな完璧な容姿をした人物、この世に二人といるわけがないだろう。

やんごとなき人だとは思っていたが、まさかここまで身分の高い人だったとは……。

「……羽という娘はいるか？」

ぽかん、と口を開けて羽は自らの終わりを悟った。

同衾《どうきん》の上に逃亡。

結局、こうして所属も名前もバレて追い詰められてしまった。

「お、お前……何したんだよ」

普段から強気な明明ですら怯《おび》えてしまうような人物らしい。

今さら言い逃れなんてできようもなかった。

「……やっぱり、私ですよね」

「いるではないか」

人形のように整った顔が、ぱぁっ、と華やいだ。

「な、なんの御用でしょうか……」

「君のような美しい目を持つ者に、獣吏の立場は相応《ふさわ》しくない」

その場にいる誰もが耳を疑った。

なんの冗談を言っているんだ？　などと問いただすことすら不敬《ふけい》になるような御方が、慈愛《じあい》に満ちた表情で真面目《まじめ》に羽の目を褒《ほ》めているのだ。

「お、お戯れを……下女をからかうのは、あ、悪趣味かと、存じます……」

「それもそうだな。では、単刀直入《たんとうちょくにゅう》に言おう」

鏡水は躊躇《ちゅうちょ》なく獣吏の宿舎に一歩踏み込んだ。

「私の侍女《じじょ》にならないか？」

時間が止まったようだった。

すべての視線が羽に集まり、返答に注目していた。降って湧いた幸運だが、肯定の仕方を間違えれば一転、最悪な事態すら考えられる。張り詰めた空気の中で、皇太子の鏡水だけが穏やかな表情をしていた。

震える口元。羽は、緊張する喉《のど》を無理やり働かせて声を出した。

「結構です」

それは、誰も想像していなかった答えだった。

「今、なんと……？」

「私は獣吏という役職が好きなので……！」

全身に汗を浮かべながら答える羽の内心は、ぐるぐるとあらゆる思考で混乱している。

侍女なんて無理！

人間の男性にお仕えするなんて……絶対に無理！

せっかく獣のお世話ができる幸せな環境なのに。こんな非の打ち所がない人の、それも異性の、何をお世話すればいいというのか。自分には人の世話をする知識も経験も甲斐性《かいしょう》もないし常識だってない。その上で失礼があれば大変な事態だってありえるというのに、何が楽しくて侍女なんか
……！

「鏡水様の誘いを断るというのか!?」

従者の一喝《いっかつ》に、はっとさせられた。

そうか、断ること自体が、不敬に……？

「よい、浩文《ハオウエン》」

「ですが、鏡水様……」

「芯のある娘だ。ますます欲しくなった」

鏡水は羽の髪に手を伸ばした。いずれ自分の物になるとでもいうかのように。

「私は諦めの悪い男でね。君が受け入れてくれるまで、何度だってここに来るぞ。君もそのつもりでいたまえ」

呆気《あっけ》に取られる羽を残し、鏡水と従者の浩文は宿舎を去った。

しばらく、獣吏たちは痺《しび》れたように動けなかった。

獣のにおいが充満する宿舎には、微《かす》かに花のような甘い香りが残った。

第二章　玄武の妃

【一】白く舞う

「これより、会議を始める」

どん、と明明《メイメイ》の拳が卓を叩いた。

鏡水《ジンシュイ》が宿舎を去ってすぐのことである。

その場の空気は重苦しく、誰もが恨めしそうに羽《ユウ》に怨嗟《えんさ》の念を送っている。

「あの……会議、って」

「てめぇのことに決まってんだろうが！」

おずおずと切り出した羽に明明の怒声が浴びせられた。

「で、ですよねぇ」

「獣吏《じゅうり》が皇太子の侍女に⁉　はあ？　そんな大抜擢《だいばってき》があってたまるか！　まあ百歩譲《ゆず》って万が一の間違いがあったとしよう。だけどなぁ……お前、断るってどういうことだ？」

裁判が始まる前に獣吏たちから散々言われた。「なんで断るの？」「皇太子殿下の侍女だよ？」

「大出世だよ？」と。

しかし何を何度言われようとも羽の答えは決まっている。

「人よりも、獣が好きなので」

「本音は？」

「だから、人よりも獣が……」

「たしかに皇太子は呪いの子と呼ばれて恐れられてるし、気持ちは分かる。気持ちはわかるが……本音を言え、本音を！」

「……ここにいたいです」

「そんなわけあるか！　皇太子の侍女だぞ!?　ここに比べたら何万倍もましだろうが！」

あはは、と羽は苦笑した。

どうやらここに味方はいないらしい。今より多くの獣と触れ合う機会があるなら侍女になっても……いや、やっぱり無理だ。偉い男の人に仕えるなんて無理。

ただでさえ人の気配も獣の気配もない鸞宮《らんきゅう》で、皇太子と日々過ごさなければいけないなんて想像しただけで息が詰まる。神獣《しんじゅう》の世話ならいくらでも歓迎だが、侍女になればそんな希望も通らないだろう。

兎《うさぎ》がぴょこぴょこと跳ねてきて羽の膝に乗った。

ふさふさの毛を撫《な》でてやると、兎は耳を畳《たた》んで眠たそうに落ち着く。

「やっぱり、獣と戯《たわむ》れてるときが一番幸せだなぁ」

「はぁ……お前ってやつは。ほんとに贅沢《ぜいたく》なやつだよ、もったいねぇ」

「そんなにかなぁ」

「そんなにだっての！　せめて自覚しろ！」

明明の怒鳴り声で、羽の膝に乗っていた兎は目を覚まして跳び上がった。

「ああ、ほら……びっくりしちゃって」

宿舎の中を駆け回る兎の後を歩いて追う。

だるそうに座る獣吏たちの間を走り抜けながら、兎は羽の足下に戻ってきた。すり寄った後、素速い動きで羽の周りをぐるぐると回る。

「かわいいねぇ」

「お前、それ求愛されてんじゃん。なんだよ、兎にも好かれんのかよ」

「明明が脅《おど》かすから」

「あー、わかったよ。会議は終わりだ、終わり。お前ら、仕事に戻るぞ。殿下が来たからって変な期待すんなよー」

はーい、と返事をして獣吏たちは午後の仕事を開始する。


雨雲が城を避けて森の奥へと流れていった。

四神《しじん》の森の雨期は終わったはずだが、ここ最近は小雨に見舞われる日がちらほらとあった。多少の雨なら、小屋の外に出されている獣たちも喜ぶ。強い日差しに曝《さら》されるよりは、よっぽど心地の好い天気なのだ。

「おい、羽！　こっちだ！」

声を抑えながらも明明が叫ぶように羽を呼ぶ。

明明の周りには獣吏たちが集まっていた。偏殿《へんでん》の外壁に青々とした植え込みが繋《つな》がっている。生い茂る葉の隙間《すきま》から、獣吏たちはその先を覗《のぞ》いていた。

「何があったの？」

「しっ。声は抑えておけ。良いものが見れる」

植え込みの先は正殿の中庭になっている。

そこは玄武宮《げんぶきゅう》の貴妃《きひ》である雪楼《シュエロウ》妃が寝起きをする殿舎であり、獣吏などという下女には不可侵の領域だった。

覗きなんて許されるはずもない。

しかし、見てはいけないものが目の前にあれば、人はどうしても気になってしまうものである。

ここにはずらりと仲間が揃っている。羽もごくりと生唾《なまつば》を飲み下した後、植え込みの列に並んだ。

葉と葉の間から別世界の光景が見える。

太陽の光が降り注ぐ正殿の中庭で、白い蝶が舞っていた——そう、錯覚《さっかく》してしまうような優雅な光景である。

「あれは……」

「雪楼様の舞だ」

白を基調とした平服が、ゆったりとした舞に合わせて光を反射していた。楽《がく》の音《ね》はないのに見る者の視線を決して離さない。普段から舞を見る機会のない羽にとっては不思議で仕方がなかった。体を動かしているだけなのに、どうしてこんなに惹《ひ》きつけられるのか。

背筋をぞくぞくとした感覚がなぞっていく。

優雅で、美しい。

目の前の人が自分と同じ人とは思えなかった。鏡水を前にして抱いた印象と同じ感覚を受けるような浮世離れした人だ。

これが、玄武級の貴妃——雪楼妃。

羽は息を呑《の》んで舞を見守った。

ひととおりの舞が終わると、雪楼妃は体をこちらに向ける。

「さあ、皆さん。お仕事に戻りましょう！」

お見通しらしい。

あれだけ動いたのにさほど息も上がらず、向けられた笑顔も華やいだものだった。細身に反して胆力《たんりょく》もある。正殿を覗くなど貴妃によっては打ち首にされても文句は言えない行為だが、雪楼と

いう貴妃は下女に対しても寛大だった。

この人についていきたいと思う女官たちの気持ちがよく分かる。

「す、すみません！」

獣吏たちは大慌てで謝った後、持ち場に戻っていった。


水辺で亀が日光浴をしている。

日に当たることで亀の甲羅《こうら》は丈夫で形がきれいになると言われている。

甲羅が少し汚れていたので、羽は布で拭いてあげることにした。これを放置すると甲羅に苔《こけ》や藻《も》が生えてきてしまう。

石に座って拭いてあげていると、そこに芽萌《ヤームオン》がやってきた。

「小羽《シャオユウ》はいつも獣のお世話してるねぇ」

「あれ、芽萌？」

「うん。休憩だから遊びに来ちゃった」

イタズラっぽく笑いながら、芽萌は隣の石に腰を掛けた。

「亀、触る？」

「亀はいいかな」

「クセになる触り心地なのに……」

「ねぇ、さっき雪楼様のこと覗いてたでしょ？」

無意識に亀を拭く手を止めてしまった。

「の、覗いてないよ？」

「嘘ついても無駄だよ。ばれてるんだからね」

「……やっぱり斬首刑《ざんしゅけい》かなぁ？」

「小羽って面白い」

「褒《ほ》められるほどでは」

「雪楼様、美しかったでしょう。見るの初めてだったんじゃない？」

「うん、貴妃ってすごいねぇ。自分と同じ人とは思えないよ。舞もすごく美しくて」

「本番はこんなものじゃないからね」

「本番？」

「今度ね、高流帝《こうりゅう》が玄武宮に来るから。雪楼様はそのために舞の練習をしてたの。当日はお召し物も特別になるし、本気で踊ってくれると思うよ」

「あれが本気じゃないんだ」

今日の舞は特別な日に備えての準備だったわけだ。

当日はどれほど美しい舞が見られるのだろう。

貴妃は殿舎で優雅な生活をしているだけだと思われがちだが、それだけでは四聖城《しせいじょう》の後宮で貴妃は務まらない。高流帝の寵愛《ちょうあい》を受けるために貴妃たちは下女の知らぬところで努力をする。下々《しもじも》の人間がサボっているわけにはいかないのだ。

「予定では、今日だったんだけどね。高流帝が来るの。でも、だめだったみたい」

「何かあったの？」

「体調が悪かったんだって」

「病弱な人なんだっけ」

「そう、病弱な人。特に最近は不眠症がひどいみたいで。寝られるときに寝ないと、次いつ寝られるか分からないみたいだよ」

里では眠れなくなった人に薬草を煎《せん》じて飲ませていたっけ。四聖城にも医官はいるからできる限りのことはやっているはずだが、それでも治せない不眠症となれば深刻だ。薬草は体質や精神状態によって効かないこともある。皇帝ほどの殿上人《てんじょうびと》にどんな悩みがあるのか、理解できる人はこの城にはいないだろう。

「早く良くなって来てくれるといいね。楽しみ」

「一緒に見ようね」

そこに「あのなぁ」と呆《あき》れたような声が割って入った。

明明が蛇を肩に乗せながら立っていた。

「女官はともかく、アタシらみたいな獣吏が高流帝と雪楼様の逢瀬《おうせ》に立ち会えるわけねぇだろ」

「え、そうなの？」

「当たり前だ。獣吏なんて獣くせぇし学もねぇし、高流帝の前に出したら雪楼様の評判が落ちるだろ。アタシらは中庭覗いてるくらいがちょうどいいんだよ」

「認めた！」

芽萌が指を差して指摘した。自ら覗いていると言ってしまったのは失言だろう。

「なっ……間諜《かんちょう》か!?」

「女官長が怒ってるんだもん。あ、安心して。言いつけるつもりはないし、私はピリピリした空気が嫌で逃げてきただけだから」

「どうだかな。にこにこしてるやつが一番怪しいんだ」

「そんなこと言うなら明明だけ言いつけちゃう」

「す、すまん。蛇触らせてやるから許してくれ！」

「やめて！」

二人は声を上げて笑った。

二人が喋《しゃべ》っているところは普段あまり見られないが、それなりに仲は良いようだ。

「ま、同情すんなら、かけあってみてくれよ。アタシらだって雪楼様の本気の舞ってやつが見てみたいわけだしさ」

「うーん。あんまり期待しないでね」

「わきまえてるし、慣れてるって。獣吏だからな」

「卑屈《ひくつ》にならなくてもいいのに」

さてと、言いながら芽萌は座っていた石からぴょんと飛び降りた。

「そろそろ帰るね」

「おう。次は残飯じゃない飯も待ってるぜ」

「それは無理かな」

「なんだよ、たまにはいいじゃねぇか」

「私までご飯抜きにされたくないもん。じゃあね」

芽萌はぱたぱたと袖《そで》を振り回しながら偏殿に戻っていった。

拭き終えた亀を石の上に乗せてやると、日光浴には飽きたのかすぐさま池に飛び込む。今日の気候は暖かく、空気はどこか湿っぽい。

「お前、暇なら蛇のほう手伝ってくれよ。じめじめしてるとすぐに脱皮《だっぴ》しやがる」

「はーい。蛇くん、君も脱皮かな?」

明明に巻き付いている蛇に顔を近づけると、興味深そうに蛇の方も顔を寄せてきた。

「近づきすぎだ。獣との接吻《せっぷん》は禁忌《きんき》だぞ」

「そうなんだ」

「お前、そんなことも知らねぇのかよ。さすが田舎者《いなかもの》だな」

「なんで禁忌なの？」

「人と獣が交われば異形《いぎょう》の子を生《な》す……ってな。大昔にあほなこと考えたやつでもいるんだろ。そんときのしきたりがずっと残ってんだよ。まあ、禁忌といっても罰則があるわけじゃねぇけどさ」

里のしきたりのようなものが、この城にも残っているらしい。

ぱっと蛇から顔を離した。

禁忌といわれていることをわざわざするつもりはない。

「さあ、戻ろうぜ。雪楼様だって舞の練習してんだし、アタシらも頑張らねぇと」

「そうだね」

気を引き締めて仕事に戻るのだった。


せっかく避けてくれた雨雲は日が落ちる頃になって戻ってきたようだ。小雨が降り出したので、獣吏たちは少し早めに宿舎に戻ってきた。きっと昼の晴れ間は、天が雪楼様の舞を見るためには雲が邪魔だったのだろう。

それから宿舎には雨の音が響き続けた。

いつもならとっくに夕餉《ゆうげ》を迎える刻なのだが、待てども待てども残飯はやってこない。

腹の虫が鳴る。

誰のものかと笑っていた獣吏たちだが、そこかしこで何度も虫が鳴くので、とうとう誰も言葉を発しなくなってしまった。

「おっせぇな……」

「きっと獣吏のためにご飯を作ってくれてるんだよ」

「そんなわけねぇだろ」

羽の希望を明明は一蹴《いっしゅう》する。

獣吏にも残飯以外の料理を――。芽萌がいくら優しくても、自分の食事がなくなってしまう危険を冒してまで説得するとは思えない。

「何かあったのかな」

「だろうな。まあ、別に初めてでもねぇ。誰か元気なやつ、見てきてくれ」

そう言いながら明明は不貞寝《ふてね》する。羽以外の獣吏は誰もがそんな調子だった。

よっぽど空腹なのだろう。

羽も空腹には違いないのだが、動けないほどではない。

「……行ってきます」

あまり遅くなると神獣のお世話をする時間が減ってしまう。羽は小雨が降る中、宿舎を出て偏殿に向かった。

日が落ちた後の偏殿は薄暗かった。

廊下《ろうか》を歩いていくが、人の姿が見えない。もしかすると、今まさに女官たちが一所に集まって夕餉を口にしているのかもしれない。

少なくとも料理のにおいは感じられるので、羽は安堵《あんど》した。

「何を言っているの！」

聞き慣れない声が奥から聞こえてきた。

あまり怒鳴り慣れていないのか、淑《しと》やかで怖さがない。

羽は壁を背にして聞き耳を立てた。距離はかなりあるが、羽の耳ならそれでも十分だった。

「おやめください……雪楼様。このような場所に……」

「いいえ、やめません。玄武宮の貴妃は私です。その私が言うのです」

「しかし、雪楼様。獣吏というのは、人の形をした獣みたいなものですよ。茶会の席に呼ぶなど、高流帝の興を削《そ》いでしまいます」

「では、あなたは玄武宮で飼っている獣が我々の一員ではないと言いたいのですね？」

「いや、そういうことでは……」

「それに獣吏も人です。ずっと同席させるわけではなく、玄武宮の皆に私の舞を披露したいと言っているだけではありませんか。彼女たちも本番を楽しみにしているはずです」

「そうは仰《おつしや》いますが、万が一、獣吏に粗相《そそう》でもあろうものなら……」

「そのときは、私の責任です」

「雪楼様の責任にするわけにはいかないと言っているんです……！」

「でしたら、そうならないようにあなたたちが手を回してください。獣吏を同席させるのは、決定事項です」

「…………分かりました」

残飯が遅れている理由はこれか。

宮殿の主が来ているというのに、獣吏のために席を外すわけにはいかないのだろう。

「あなた、それは？」

「ざんぱ……獣吏の夕餉です」

「まあ！　私が押しかけたせいね。早く持っていってあげて」

「失礼いたします」

返事をしたのは芽萌の声だった。

かたん、と寸胴《ずんどう》の蓋《ふた》のずれる音がした。芽萌が部屋を出たらしい。

まずい、このままではじきに芽萌が来てしまう。

こんなところで立ち聞きしていたなどと思われたくない。

羽は慌てて来た道を戻り、宿舎の前で芽萌が来るのを待った。

やがて寸胴を持った芽萌の姿が見えたので、今しがた宿舎を出てきたような体で声をかける。

「芽萌！」

「小羽〜！」

「ああっ、走らないで！　取りに行くから！」

ひっくり返されては困る。

駆け寄って寸胴を受け取った。いつもならほんのり温かいのだが、今日の料理はすっかり冷め切っていた。

「ごめんね、遅くなっちゃって。冷めちゃってる」

「気にしないで」

「でもね、朗報だよ。獣吏も雪楼様の舞が見られるんだって」

「雪楼様って、優しい方だよね」

「ん？　そうだね……。喜ばないの？」

「いやいや、嬉しい！　私も雪楼様のためにお仕事頑張らなきゃ」

「よかった。皆にも伝えて。ただ、あんまり浮かれすぎないようにね。女官長に怒られるようなことは、しないように」

「はーい」

「それじゃ、たしかに渡したよ」

「いつもありがとね」

残飯の入った寸胴を宿舎に持ち帰った。

腹を空《す》かせた獣吏たちはいつもよりも勢いよく残飯にがっついたが、冷め切った料理を口にした彼女たちは、いつも以上に落胆《らくたん》してしまうのだった。

茶会の日は雲一つない晴天だった。

前日には、言いたいことを言わずに耐えているような顔をした女官長が獣吏の宿舎を訪れた。今回の茶会の意義や、何か一つでもやらかせば玄武宮の地位が危うくなってしまうことを嫌というほど聞かされた。

そうして迎えた当日。

獣吏たちは干《ひ》からびた饅頭《マントウ》のように堅く緊張していた。

二人の主役がどちらも揃っていないというのに中庭の端で頭《こうべ》を垂れて待つ。その時間はひどくゆっくりに感じられて、待ち遠しいなどと期待がこめられたものではなかった。

森の奥の里で育ってきた人間に、今さら作法《さほう》など。

地面に視線を張り付けた羽は全身に嫌な汗をかいている。

雪楼様の舞は見たいが、一歩間違えば不敬《ふけい》になるような綱渡《つなわた》りなどしたくはないというのが本音だった。体調を崩したことにして逃げてしまおうか。まだ間に合う。高流帝も雪楼様もいない今なら抜け出す機会はある。さあ、言ってしまえ。体の調子が——。

「来ましたよ」

女官長の小声に呼吸が止まった。

「面《おもて》をあげよ」

後宮ではめったに聞かない男性の声だった。

荘厳で貫禄《かんろく》を感じる渋い響き。問わずともその雰囲気《ふんいき》が答えになる。

彼こそが、四聖城を統《す》べ大陸にその名を轟《とどろ》かせる当代の皇帝。

――高流帝である。

羽は言うことの聞かない体を起こしながら考えた。

本当に顔を上げていいんだっけ？　でも、陛下の指示に背くのは不敬だし、陛下の前で頭を下げないのも不敬……？　ええいっ、どうにでもなれ！

顔を上げると、周りの女官たちも同様に緊張した面持《おもも》ちで立っていた。

よかった……正解だったらしい。

にやりと笑う高流帝と目が合ったような気がした。

今まで会った偉い大人の男性なんて里長くらいなものだ。森の奥では腕っ節や長としての気概《きがい》が評価された。しかし、高流帝は病弱という評判の通り全身は痩《や》せ細っている。後ろで結ばれた黒い長髪も染料で健康に見せているだけのようにも思える。一見すれば弱々しい印象だが、なぜだか全体を見れば弱さを感じなかった。

生きる意志に満ちている。死んでたまるかという心の声が聞こえてくるようだ。その鋭い目のおかげか、表情からは今まで見てきた誰よりも強さを感じる。

笑みは余裕の現れ。顔を見れば、病弱などとはとても思えなかった。

「その姿は、百花繚乱《ひゃっかりょうらん》を移ろう白き蝶の如く。さあ、見せてもらおう。雪楼妃の舞だ」

高流帝の言葉で殿舎の扉が開いた。

侍女《じじょ》に引き連れられて出てきたのは、玄武宮の貴妃――雪楼妃。

彼女が身に纏《まと》う純白の特別な宮廷服は、絹のようになめらかで、雪楼妃の歩みに合わせて波打つように揺れていた。髪留めは宝飾に彩られ、咲き誇る花のようだ。

おっとりとした彼女に相応《ふさわ》しい上品さ。

しかし、舞うその一歩は力強い。

「ほう……これは」

高流帝が真剣な面持ちで唸《うな》る。

葉と葉の隙間《すきま》から見えた舞とは比べものにならなかった。恐らく動き自体は大きく変わっていないが、決定的に違うことがある。

目の前に高流帝がいるということだ。

気を惹《ひ》く相手がいるだけで華麗《かれい》に見える。

人が本気で人の気を惹こうとすれば、こうもはっきりと変われるのだ。たしかな地位を持った人ですら、一瞬のために長い努力をする。これは、その成果が結実する場だった。

羽には、人と人との繋《つな》がりはまだよく分からない。

しかし、森の中で日々見てきたことがある。

獣は求愛行動を行う。人よりも大きな獣から、手のひらに乗るような獣まで、様々な獣たちが相手の好意を得ようとする。その愛らしい姿が、高貴なる人たちにも重なってしまう。

祖母は特別な生き物なんていないと言った。

たしかに人と獣の営《いとな》みに違いはないのかもしれない。大小の違いはあれど、生き物がただ相手のことだけを想うときの美しさは同じだ。

雪楼の舞は、一歩踏み出した瞬間から少しも体の軸がぶれなかった。純白の召し物をめいっぱいに広げ、緩急をつけながら優雅に踊ってみせる。

常人には到達できない領域にいると思わせるような洗練された動きだ。

玄武宮の頂点にいるべくしている人。

優雅なその姿からは、それだけの気品が感じられた。

やがて舞が終わると、人々はようやく思い出したかのように大きく息を吸う。

「見事だ、雪楼妃」

拍手をする高流帝は心底満足したようだった。

女官と獣吏は圧倒されてまともに呼吸も整えられないまま、これから始まる茶会のために中庭を出ていく。

貴妃には貴妃たる所以《ゆえん》がある。

玄武宮の主の凄《すご》みを目の当《ま》たりにした女たちは、その日、誰一人としてまともに仕事に戻ることができなかった。まぶたを閉じれば、夜を引き裂く朝焼けよりも強く、わずかな闇すらも忘れさせてしまうような美しい蝶が、白く舞う。

［二］謎の病

「飯が美味《うま》く感じる」

明明《メイメイ》は残飯を口にしながら唐突《とうとつ》にそう言った。

寸胴《ずんどう》に放り込まれていた饅頭《マントウ》は少なくとも干《ひ》からびてはいなかったが、汁物と混ざって味はともかく見た目は良くなかった。残飯らしい見た目の残飯にいつもなら悪態の一つでも吐いているはずだったろう。まともに褒《ほ》めるのは羽《ユウ》の記憶にも新しい。

「美味《おい》しいよね」

さらりと相づちを打つと、ああ、と返事があった。

他の獣吏《じゅうり》たちも黙々と朝餉《あさげ》に興じる。

まるで本当の宮廷料理が供《きょう》されているかのようだった。

何があったのかは聞くまでもない。

ここ最近は誰もが雪楼《シュエロウ》妃の舞を思い出しながら生活をしていた。

何の潤いもない渇《かわ》き切った毎日に天上からの恵みのように与えられた舞だった。茶会が終わってからというものの、雪楼は中庭に現れることもなく、獣吏の日々はまた恵みを待つ日々に戻ってしまったのだった。せめて毎日味が変わる残飯に希望を見出《みいだ》すのは無理からぬことだろう。

羽としては、獣の世話をする毎日が変わらなければ変わらないほど幸せなのだけれど。

さて、食べたら仕事だ。

今日も獣と戯《たわむ》れて過ごそう。天気が良いから外でもふもふの毛に顔を押しつければ最高に気持ちが良いに違いない……。

と、獣をもふる妄想を始めた羽を、現実に戻す足音が近づいてきた。

箸《はし》を止めて宿舎の扉に視線を投げる。

「羽！　今すぐ来て！」

扉が開くなり息を荒らげた芽萌《ヤームオン》が叫んだ。

愛称で呼ぶことすら忘れてしまう慌てよう。

「何があったの？」

朝餉もそこそこに立ち上がる。

「雪楼様が倒れちゃったの！」

宿舎に箸の落ちる音が響いた。


獣吏を代表して明明と羽が芽萌に連れていかれる。

偏殿《へんでん》の中で女官長の可妍《クウヤン》と合流し、芽萌に替わって可妍が案内役になった。

焦った風な可妍が先導して歩く。

中庭を通り過ぎ、玄武宮の主が待つ正殿へ至った。三人はほとんど駆け足のような速さで廊下《ろうか》を進んでいく。

正殿の奥にある部屋の扉は開いていた。

そこが雪楼妃のいる寝所だ。

「雪楼様！」

無礼を承知で急いで寝所に入る。

天蓋《てんがい》付きの寝台に横たわった雪楼妃は、青ざめた顔にひどく汗をかいていた。

「まあ……皆さん、お揃いで」

弱々しい声だが、意識ははっきりしているようだ。その痛ましい様子に可妍はぎょっと目を見開き、全身を震わせながら雪楼妃の傍《かたわ》らに立った。

「い、いったい、何が……」

「心配かけてごめんなさいね。私なら、この通り大丈夫ですから」

「何を仰《おつしや》います……。顔から血の気が失われているではありませんか」

「そちらは……獣吏の子たちですか？」

「は、はい！　明明ですっ！」

「羽です！」

それぞれ頭を下げてから名乗る。

「私の舞を見てくれていた子たちね。あなたたちを呼んだのには、訳があってね……」

「事情は私が」

続きを侍女頭《じじょがしら》が引き取る。

「あなたたちを呼んだのは、他でもありません。雪楼様に獣のひっかき傷があるのです」

ひっかき傷……。

羽は口の中で呟《つぶや》いた。

獣吏が呼ばれている時点で獣絡みの何かがあると思っていた。貴妃の寝所に集められているのは、見知った面々を除けば、侍女頭を筆頭にした侍女たちと宦官《かんがん》が一人。この宦官が恐らく医官なのだろう。侍女頭が獣吏に声をかけるなり顔をしかめている。

「獣吏などに医官の真似事《まねごと》などさせるな。症状はひっかき傷による発熱で間違いないと、医官の私が判断したのだぞ」

「ですから、念のためと言っているではありませんか」

「獣吏を呼べば話がややこしくなる。間違いなく獣の処分に口を挟んでくるぞ」

「獣の処分？」

羽は鋭い視線を医官に向けた。

「そら見たことか」

「ひっかいた獣を処分しようということですか？」

「当然だろう。貴妃に害を成したのだぞ。白虎宮《びゃっこきゅう》の猫は根こそぎ処分して然《しか》るべきだ」

「おやめなさい……」

雪楼が苦しそうに呻《うめ》く。

「あんなかわいい猫ちゃんたちを処分するなんて。今回の件は、私が悪いのですから」

「しかしですね、雪楼妃。何があったのかを説明していただけなければ、我々は傷から判断する他ないのです」

「…………診察はお願いしましたが、処罰を任せた覚えはありませんよ」

「ですが、これはどう見ても猫のひっかき傷が原因かと……」

「獣吏のお二人の見解を聞かせてもらえますか？」

急に話を振られて心臓が一つ大きく跳ねた。

なるほど……何が起きているのかはだいたい理解できた。雪楼妃が発熱したので診察に来てみると、獣のひっかき傷があった。しかし、雪楼妃の方は何があったのかを言いたがらない。言ってしまえば、ひっかいた獣は害を成したとして処分されてしまうから。心優しい雪楼妃らしい。

「こちらが、その傷になります」

侍女頭が雪楼妃の腕を示す。

「えーっと、この傷は、そうですね……」

明明は珍しく口ごもってしまった。

傷はどう見たって猫がひっかいたものに違いなかった。

猫を飼っているのは白虎宮だ。他にも近いひっかき傷を作る獣はいるが、まず間違いなく猫の仕《し》業《わざ》と言っていいだろう。

ただ、獣吏が呼ばれたのは正しく診断するためではないはずだ。

もしも、獣に詳しい獣吏が、これは猫の仕業ではないと言ったら？

医官が診断を下したのにわざわざ獣吏が呼ばれているのは、その診断を覆《くつがえ》してほしいからに他ならない。つまり、嘘をついてくれと言っているのだ。明明もその意図に気づいたからこそ何を言うべきか迷っている。

自分が言わなければ。

「この傷は、猫のひっかき傷です」

隣に立つ明明がぎょっとした顔を向けてきた。

「お、お前……」

「あなたは、羽ですね。鸞宮《らんきゅう》の神獣を手懐けた優秀な獣吏と聞いております」

雪楼妃は額に汗を浮かべながらも毅然とした態度だった。

「……恐縮です」

「私が知りたいのは犯人ではありません。正しい診断です。たしかにこの傷は、今朝、白虎宮で子猫と戯れていたときのものです。悪いのは驚かせてしまった私です。しかし、猫のひっかき傷で発熱することがあるのですか？」

「あります」

「では、あなたも発熱はひっかき傷が原因だと？」

「いえ。それは断言できません」

その言葉に誰もが息を呑《の》んだ。焦ったのは成り行きを見守っていた医官で、彼は堪えられず話に割って入った。

「お、お前は、私の診断が間違っていると言うのか！　獣吏ふぜいが！」

「断言できないという言葉通りです。他にも確認すべきことはあるかと」

「なんだと？　何を確認すべきなのか言ってみろ」

「ひっかいた猫の状態、その時の状況、雪楼様の発熱以外の症状など……ひっかき傷による発熱で済ませるのは早計です。もちろん、猫の処分も見送るべきです」

さすがの医官も羽がもっともなことを言うので二の句が継げなかった。

例えば森の中では傷や病気の原因を追及するのは難しい。それでも何があったのかを判断しなければいけないとき、森に残された少ない痕跡から事象を追っていくのだ。それに比べれば、人に管理された城の中は原因になりうる可能性を列挙するのは簡単だった。

期待通りのことを言えていたのか、雪楼妃は苦しそうにしながらも笑顔を見せる。しかし、その顔はすぐに苦悶《くもん》の表情へと変わった。

「ちょっと……失礼いたしますね」

寝台を降りると、よろめいた。

侍女たちが慌てて雪楼妃の体を支える。その拍子に、うっ、と気分が悪そうに呻いてしまう。侍女が慌てふためく中、雪楼妃は口元と腹部を軽く押さえ、体を震わせながらそそくさと寝所を出ていった。

「まったく……由々《ゆゆ》しき事態です」

女官長の可妍がこれほどまでに深刻な顔をしているところを、羽は初めて見た。

「今回は我らが玄武宮《げんぶきゅう》の失態ではありませんが、あなた方も獣の扱いには十分注意してください」

「へい……」

明明も悔《くや》しそうだ。

その様子を医官が鼻で笑う。

「ふん、獣など四聖城《しせいじょう》から閉め出してしまえばいいのだ」

「あんた、なんてことを！」

食ってかかる明明を医官が余裕の表情でいなす。

「獣さえいなければ今回の件は起きえなかった。違うか？」

「どうしてですか？」

羽がきょとんとした表情で問い返すと、医官は苛々《いらいら》を隠さずに睨《にら》んだ。

「ひっかき傷が原因だと言っているだろう！　獣吏ふぜいが医官の私に異を唱えおって！」

「今回はたまたま獣でしたが、後宮に獣がいなければ、人が凶器で切りつけることもあったのでは？」

「なっ……」

恐ろしいものでも見るかのような視線が羽に向けられた。

「……えっと、雪楼様が言っていたので。知りたいのは犯人ではないと」

「獣を使った犯行ということか？」

「ですから、断言はできないと言ったんです」

医官を制して可妍が羽の前に立つ。

「何か気づいたことでもあるのですか？」

「今はまだ分かりませんが……調べたいことがあります。一日ください」

猫が処分されてはたまらない。

ひっかいた事実はあるものの、貴妃が責任は自分にあると言うのだから処分まではされないだろう。しかし、このまま症状が重篤《じゅうとく》なものになれば、貴妃の一存ではどうにもできなくなる。

症状が悪化する前に原因を突き止め、適切な処方をしなければいけない。

残された時間は長くない。

手がかりは白虎宮にあるはずだが、獣吏が単独で持ち場以外の宮殿を行き来するわけにはいかない。女官に取り次いでもらうしかないので、羽は可妍に白虎宮の侍女と話をさせてもらえるように頼んだ。

相手からの返答を待つ間、獣吏の仕事に戻る。

獣たちと触れ合っているのに心ここにあらずのまま、もどかしい時間が過ぎていった。

夕暮れ時になってようやく返答があった。

侍女に会わせてくれるそうだ。

取り次ぎ役として芽萌をつけてもらい、すぐさま案内をしてもらって白虎宮へとやってきた。

「……玄武宮とは違うにおいがする！」

「え、そうなの？」

玄武宮とは違って、白虎宮には肉食獣が多いのだろう。食べる物が違えば体臭も変わる。

芽萌の嗅覚《きゅうかく》では感じられなくても、森の生活が長い羽はわずかな差でも的確に嗅ぎ分けられた。

白虎宮の獣たちを見て回りたいところだが……今は仕事優先だ。

「じゃあ、侍女に取り次ぎをお願いします」

「はあい」

先導する芽萌についていく。

敷石の上を歩きながら宮殿の景色を眺めると、基本的な構造は玄武宮とあまり変わらなそうだった。白虎宮には水辺がないようだが、飼っている獣の違いだろう。

偏殿の前で侍女らしき女性が立っていた。

「お久しぶりです。芽萌」

「こちらこそ、婉雅《ワンヤー》」

「話は伺《うかが》っています。そちらが獣吏ですか？」

「獣吏の羽です」

「初めまして。秋鈴《チユウリン》様の侍女をしています、婉雅です」

背の高い女性だ。物腰は柔らかで、頭も良さそうだった。

話を聞きたいと言うと、偏殿にある客間のような場所に通された。

事前に玄武宮の女官長の方から話を通してあるので、嫌な顔一つされずにすんなり物事が運ぶ。

「さて、聞きたいこととはなんでしょう」

「今朝、雪楼様が白虎宮を訪れたのは何故ですか？　一応、確認させてください」

「雪楼妃は、白虎宮の秋鈴様と仲が良いのです。ですから、よく遊びにいらっしゃいますよ。今朝も秋鈴様とお茶をしていました」

朗《ほが》らかにはっきりと答えてくれる。特に嘘を言っているようにも見えず、思っていたよりも順調に情報が集められそうだった。嘘を吐くなら、羽の耳はわずかな呼吸の乱れも聞き逃さない。

「同席していた方を教えていただきたいのですが」

「朝ですからね。お庭で雪楼様と秋鈴妃のお二人だけでした」

「……二人？　侍女の方々は、何をしていたのですか？」

「龍井茶《ロンジンちゃ》をお出しした後は、秋鈴様のお部屋の掃除《そうじ》などをしていましたよ。侍女が付きっきりでは自由にお話もできないでしょう」

「その……私は詳しくないので聞きたいのですが、そういう席では普通、侍女が横に立っているものではないのですか？」

婉雅は、あぁ、と納得したように頷《うなず》く。

「もちろん、何かあればすぐに駆けつけられる場所にいます。けれど、お二人の会話を盗み聞きするような真似《まね》はできませんから。お庭にいたのは、お二人だけですよ」

「では、猫がいたでしょう？」

猫という単語を出した時、淀《よど》みなく答えていた婉雅は、一瞬だけ息を止めた。

「はい。いましたよ」

すぐに落ち着きを取り戻して答えたが、見逃すわけにはいかない。

「猫が雪楼様をひっかきましたよね」

「……ええ。私どもの不注意のせいです。お詫《わ》びいたします」

猫がひっかいたという事実に間違いはなさそうだった。

白虎宮の環境を見てみなければ確証はないが、獣吏がまともであれば猫は飼い慣らされているはずだ。羽には、猫のひっかき傷を見た時から、ずっと気になっていたことがあった。

雪楼妃は何をしたせいで猫にひっかかれたのだろうか、と。

婉雅の話を信じるのであれば、誰かが猫を使って攻撃したわけではない。猫は自らの意志でひっかいたはずだ。飼い慣らされた猫が理由もなく人をひっかくわけがないと羽は最初から思っていたのである。

「お二人以外に人がいなかったとしたら……雪楼様は、猫に何をしたんですか？」

はっ、と喉《のど》の奥で鳴る音がはっきりと聞こえた。

「……雪楼妃は、寛大な御方で、獣を人のように愛《め》でることがあります。特に白虎宮の猫がお気に召すようで、いつも……その、大変かわいがっていらっしゃいます」

「具体的には？」

「……過剰《かじょう》に」

「もふもふですか？」

「……はい？」

「いえ、だいたい分かりました。最後に一つお願いがあるのですが――」

白虎宮を後にする頃には、すっかり日が落ちて夜の帳《とばり》が下りていた。

「これでよかったの？」

芽萌が不思議そうに聞く。

玄武宮に戻る羽は、鍋《なべ》を抱えていた。

「うん。なくなる前でよかったよ」

鍋の中には、生肉が入っている。肉の色はどす黒く、鮮度もあまり良くないのか鼻につく臭気を放っていた。ここ最近は空気が湿っぽいので保存状態も悪そうだ。

これが、猫に与えられていた餌《えさ》の残りだった。

女官に餌の余りがほしいと伝えると、あまり気は進まなそうだったが、処分する前に鍋に入れて渡してくれた。

「猫って、鹿のお肉食べるんだね」

興味深そうに芽萌が鍋を覗《のぞ》く。

「ん？　人だって食べるでしょ？　鹿のお肉」

「えぇ……そうだけどさ。小羽《シャオユウ》って本当におもしろいよね」

「いえいえ、まだまだ精進《しょうじん》してまいります」

「やめてよ。笑っちゃう」

芽萌は袖《そで》で口元を押さえて笑った。

「そんなにおもしろいかなあ」

「おもしろいよ、すごく」

玄武宮に戻ると、夕餉《ゆうげ》のにおいが風にのってふわりと香った。

「人が食べるごはんも用意しないとね。お腹空《す》いちゃったよね」

「あ、鸞宮に行かなきゃいけないのに玄武宮まで来ちゃった」

「神獣のお世話？」

「うん、行かなきゃ」

羽は鍋を抱えたまま踵《きびす》を返した。後宮の北側にある玄武宮に対し、鸞宮は南である。

「ちょっと、小羽！　ご飯はいいの？」

「大丈夫、あるから！」

「わかった。気をつけてね！」

早足で鸞宮に向かう羽の耳に芽萌のひとり言が聞こえる。

……あるから？　まさかね。

今夜の夕餉を抱え、羽は鸞宮へ急ぐのだった。


鸞宮。神獣の間。

いつもより到着が遅くなったせいか、神獣は不機嫌な表情で羽を睨《ね》め付けた。尻尾《しっぽ》を激しく振り、威嚇《いかく》するように唸《うな》っている。鼻をひくつかせているところを見ると、羽が抱えている鍋から漂うにおいが気になっているのかもしれない。警戒しているようだ。

「これ、気になる？」

鍋を神獣の鼻先に置いてみると、蓋《ふた》の上からにおいを嗅《か》いでいる。意識がそちらに向いているうちに、羽は神獣の体に抱きついた。ふかふかの草の寝台に飛び込むような心地好さがある。

「君の毛は本当にもふもふだねぇ。あ、ちょっと待ってね。今開けてあげる」

蓋を開けると、むわっとした臭気が立ち上った。

「猫のごはん！　白虎宮からもらってきたんだ」

まったく火が通されていない鮮度の悪い生肉だ。神獣は息を詰まらせて身を退いた。

「そういえば、君って何も食べてくれないよね。神の獣だから？　生肉だったら食べたかったりする？」

生肉をひとかけ、手摑《てづか》みで神獣の鼻先にちらつかせてみるが、やはり気に入らないのか口を固く閉ざして首を振った。

「いらない？　そっか、猫のごはんだもんね。お気に召さないかぁ」

言いつつ、羽は摑んだ生肉をそのまま口に運び、咀嚼《そしゃく》した。

神獣が慌てたように吠えた。

「ん？」

と、神獣に視線を向けつつ、飲み込まないうちに二つ目の生肉を口に放る。まったく顔をしかめることなく、羽は何食わぬ顔で生肉を食べていた。

「ふむふむ……白虎宮の猫ちゃんの好みは、こんな感じね。悪くはないけど、これは、あんまり良くない食事かな……」

神獣は耐えかねて羽の袖を引っ張っていた。

「ああ、そっか。人が食べるものじゃないって言いたいんだよね。生だし、鮮度も良くないし。でも、私なら大丈夫！　小さい頃から獣と一緒のごはん食べてきたし、胃が慣れてるんだよね」

言葉を理解しているのかいないのか、神獣は口の端をぴくぴくと引き攣《つ》らせている。

胃の強さに関しては羽だけが特別なわけではない。

ヨト族は伝統的に肉の生食を行う。見た目に分かりやすい特徴ではないので見過ごされがちだが、消化器官を含む内臓は強靭《きょうじん》で獣に似たものがあった。獣吏となったヨト族の子孫も、城内で世代を経るうちにその特徴は薄れてきているものの、決して衛生的とは言えない残飯を平気で常食できるくらいには強い内臓を持っているのである。

「今日は寝落ちしないように気をつけないとね。これも一応、仕事だからねぇ」

お世話といってもほとんど神獣と戯《たわむ》れているだけ。癒《い》やされているのはこちらだというのに、これを仕事と呼んでいいのだろうか。小難しいことを少しだけ考えてみるけれど、もふもふの神獣に抱きつけば細かいことは忘れてしまう。

腕の中でのそのそと神獣が動く。

絨毯《じゅうたん》の上に寝転がった神獣は、腹を横にして受け入れ体勢になった。

「こ、ここに寝ろということ……？　君は悪い子だなぁ！」

羽は大の字になって神獣の体に倒れ込んだ。温かくてどんな寝床よりも心地が好い。呼吸の度《たび》にわずかに上下する体は、羽が小さい頃から触れてきた獣の感触だ。

「やっぱり、人間より獣のお世話の方が幸せ……！」

ふと、思う。

そういえば、皇太子殿下はどうしているのだろう。ここは鸞宮なのだから、どこかに寝所があるはずだけれど。

「……なんで気にしているんだ、私は」

寝ている間にまた入れ替わられても困る。

絶対に寝ないという誓いを立て、羽は神獣の毛並みを堪能《たんのう》するのだった。

明日は今日の調査で分かったことを報告しよう。

きっと、雪楼様は喜ばないだろうけれど。

【三】獣を識る者

玄武宮《げんぶきゅう》の貴妃《きひ》、雪楼《シュエロウ》が倒れてから一夜明けた。

雪楼の容態は快方に向かわず、苦悶《くもん》の表情を浮かべながらも寝台に横たわる姿は痛ましい。ろくに食事も摂《と》れないようで、たった一日でひどくやつれて見えた。

寝所に集められたのは、昨日と同じく、医官、侍女《じじょ》たち、女官長の可妍《クウヤン》、獣吏《じゅうり》の明明《メイメイ》と羽《ユウ》、そして皇太子の鏡水《ジンシュイ》と従者の浩文《ハオウエン》だった。

鏡水はさも当たり前のように羽の横に立っている。

「なぜ殿下が……」

「私の侍女が事件を解決すると聞いて興味が湧いた」

「侍女じゃありません！」

「まあ、その話は後でよい。まずは君の仕事ぶりを見せてもらおう」

羽は背中を押されて前に出た。

昨日に引き続き人が集められたのは、他でもない羽が医官の診察を覆《くつがえ》すためだった。

意を決して口を開く。

「雪楼様、今回の体調不良の件、原因はひっかき傷ではありません。適切な処置をしなければ、症状が長引いてしまうおそれもあるかと」

「なんだと!?」

叫んだのは壁際に立っている医官だ。獣吏ふぜいが何を言うのかと成り行きを見守っていたが、早速自身の診断と処置を覆されてしまったので口を挟まずにはいられなかった。

「医官の私が間違っていたと？　発熱は人によってすぐに収まらないことだってある。一日で治らなかったからといって——」

「おやめなさい」

雪楼にたしなめられ、医官は黙るしかなかった。

「……………失礼しました」

「雪楼様、無礼を承知でお聞きしたいのですが、発熱以外にも症状があるのではありませんか？例えば、そう……腹痛とか」

「……………ええ、あります。おかげで昨日は一日、食事どころではありませんでした」

「やはり。これで確信いたしました。雪楼様、今回の体調不良の件ですが、恐らく原因は食中毒だと思われます」

その瞬間、水を打ったように部屋が静かになった。

呆気《あっけ》に取られて人々が言葉を失う。食中毒？　知らぬ者はいない単語だが、誰も予想していなかった病気だ。食中毒は主に食事が原因で引き起こされるもの。そんな常識があるからこそ、真っ先に沈黙を破ったのは雪楼妃の侍女頭だった。

「我々の用意した食事に不手際《ふてぎわ》があったと言いたいのですか!?」

「い、いえ、そういうわけでは」

「じゃあ、なんだというのです！　雪楼様がつまみ食いでもしたと!?　雪楼様はそんな御方ではありません！」

「もちろん、存じております。えーと、雪楼様！　少しだけ確認させてください」

「なんでしょうか」

なるべく失礼にならないように、頭の中で言葉を選んでいく。

「昨日、あのあと私は白虎宮《びやつこきゆう》で調査をしてまいりました。主に侍女に対しての聞き込みなのですが……。秋鈴《チユウリン》妃との茶会は正殿の中庭で行われ、二人の他に誰もいなかったということで間違いありませんか？」

「もちろん秋鈴妃の侍女たちは近くにいましたけれど、常に見ていたわけではありません。ほとんど二人きりでお話しできたので、とても有意義な時間を過ごせました」

やはり、侍女は嘘を吐いていなかったようだ。

「猫にひっかかれたのもそのときですね？」

「ええ……そうです」

「どうしてひっかかれたのですか？　飼い慣らされた猫であれば、よっぽどのことをしない限り、ひっかかれるようなことはないかと思います」

「………大したことはしていません。私が執拗《しつよう》に撫《な》ですぎたせいです」

昨日よりは詳しく話しているが、まだどこか濁《にご》したような口ぶりだった。

犯人捜しをしてほしくない理由は、寛大な雪楼妃が誰かをかばうためにしていると思っていた。

しかし、それも昨日の昼までの話だ。白虎宮で侍女に会った羽にとっては、なぜ濁すのか、その理由にも大方の予想がついている。

ひっかかれるようなこと――つまり、自分の責任で起こってしまった後ろめたいことを隠したかった。だから、真相を話さないのではないだろうか？

「単刀直入《たんとうちょくにゅう》にお聞きします」

「………はい」

「雪楼様、昨日の茶会で猫と接吻《せっぷん》をしませんでしたか？」

部屋に緊張が走ったのが分かった。

「言葉を慎《つつし》みなさい！」

女官長の可妍が顔を真っ赤にして叫んだ。

明明の言ったことが正しければ、四聖城《しせいじょう》内には接吻が禁忌《きんき》であるという常識が根付いている。

事実でなければ不敬《ふけい》だと捉えられかねない発言だった。

「雪楼様がそんなことするわけないでしょう！」

侍女頭も続けて怒鳴る。

「いや、えっと……」

羽は二人に詰め寄られて少なからず焦った。禁忌とはいえ、これほどまでに大事になるとは思わなかったのである。

「獣吏の身分で雪楼様の寝所にいられるだけで異例なことなのですよ！　それなのにあなたは荒唐《こうとう》無稽《むけい》な話をして、敬意に欠ける！　これ以上でたらめを言うなら覚悟しなさい！」

「荒唐無稽でも、でたらめでもないのですが……」

「獣吏、羽。言い訳無用です。あなたの処分は後で改めて決定いたします」

「お、落ち着いてください！　変なことを言っているわけではないんです！」

「じゃあ、なんだというのですか！」

「食中毒です！　雪楼様は接吻が原因で、食中毒になっているんです！」

「また、いいかげんなことを――」

「あの……」

おずおずと雪楼が切り出す。

顔を赤くして、どこか恥ずかしそうに。

その自信なさげな雰囲気《ふんいき》は、まるでいたずらがバレてしまった子どものようで。

羽に詰め寄る二人は、まさか、と息を呑《の》んで雪楼の言を待った。

Dノベルf
新刊案内 2023年9月
運命の一冊に出会える。
これがわたしたちの
新ライトノベル!
公式サイトは
コチラ
おかげさまで1周年!
http://dash.shueisha.co.jp/feature/dnovelf/
集英社／〒101-8050 東京都千代田区一ツ橋2-5-10 ※表示価格は消費税10%を含んだ定価です。

「ごめんなさい、その……接吻が原因とは思わなくて。わざわざ言う必要もないと思ったんです。いけないことと分かってはいましたが、子猫があまりにもかわいくて……」

「な、なんと……」

侍女頭は腰を抜かしてしまった。

「本当にごめんなさい」

「け、獣を相手に、なんと不潔な……」

「不潔……は言い過ぎだと思いますが、禁を破ったのはいけないことでした」

「どうか今後はおやめくださいまし！　高流帝《こうりゅう》の耳に入れば、どう思われるか……」

「……そうですね。反省しなければ。もうしません」

はぁぁと侍女頭は呆《あき》れたように長くため息を吐いた。

結局、羽は詰められ損だった。侍女頭は羽に一瞥《いちべつ》をくれた後、自分の役目は済んだとばかりに壁際に立つ。その横柄《おうへい》な態度に明明が分かりやすく舌打ちをした。

「しかし、わからないのですけれど」

雪楼妃は思案顔を医官に向ける。

「猫と接吻で食中毒とはどういうことです？　別に猫の餌《えさ》を口移しにしたわけでもありませんし、そういうこともあるのですか？」

「あまり聞かない事例ですな。おい、獣吏。適当なことを言っているのではないだろうな」

医官は腕を組み、羽を睨《にら》んだ。

「知りませんか？　獣との接吻で食中毒になることはあります」

「…………医官の私を愚弄《ぐろう》するつもりか？」

「いえ、決して珍しいことではないかと。白虎宮では、ごはんとして生の肉が与えられています。人間は肉を焼かずに食べれば食中毒になりますよね。恐らくですが、猫は直前に食事をしていて、その時の毒が接吻を通じて移ったのでしょう」

「生肉を……理屈は通っているが……」

納得する医官を見て、雪楼妃は安堵《あんど》したように息を吐いた。

「では、医官のあなたから見ても、食中毒で間違いないのですね」

「まあ、はい。ですが…………」

「ですが、なんでしょう」

「……いえ、なんでもありません」

悪態でも吐こうとしたのだろう。医官はこめかみのあたりを震わせて言葉を呑み込んだ。

「羽、この食中毒は、治るのですよね？」

「もちろんです！　水分をこまめに摂って安静にしてください。料理長に伝えれば、きっと体に優しくて治りが早くなる料理を作ってくれるはずです。それでも治りが悪ければ、今度こそ医官の方がちゃんと診察してくれるはずです」

「……貴様！」

「大丈夫ですよね？」

「……ふん、言われるまでもない。雪楼様、今後は私めにお任せください」

「はいはい」

にっこりと微笑《ほほえ》む雪楼妃の表情を見ると、原因が分かっただけでずいぶん顔色が良くなったように見えた。これなら、すぐに体調も回復するだろう。

獣吏《じゅうり》のような下女は役目を終えれば去るのみ。

明明と二人、先に退室を促されて貴妃の寝所を後にする。

これで猫が処分されることもないだろう。不機嫌そうな明明の横で、羽は満足感に包まれながら正殿の廊下《ろうか》を歩いていく。


外に出ると明明が立ち止まった。

「あのさ」

明明の少し緊張したような雰囲気に羽は首をかしげる。

「どうしたの？」

「お前、なんで分かったの？」

「んー。雪楼様が何かを隠している気がしたから、別の原因があるような気がしたんだよね。白虎宮で聞き込みしてみたら、あー食中毒なんだな、って」

「そうじゃねぇよ」

「ん？」

「お前……その知識、どこで身につけたんだ」

静かに問いかける明明の目はどこか寂しそうだった。

里で食中毒はほとんどないが、放っておいたら獣としか交流できなくなってしまう羽に、祖母が市井《しせい》の常識を教えてくれたのだ。祖母は開化的な人ではなかったが、一方で現実と向き合える人でもあった。自分が死んだ後、いつか里の人々が町に降りていく可能性を考えて、羽に人と交流するための知識を日々叩き込んでいた。

町で生肉を食わせるような人間が現れれば、事件になってしまうだろう。羽がそうならなくて済んだのは、祖母のおかげだった。

「……ばあちゃんから」

ごまかす必要はない。祖母から学んだことに違いはないのだから。

「ばあちゃんか。お前、どこの出身なんだ」

「どうして？」

「だって、おかしくねぇか？　なんでお前が医官でも気づかないようなことに気づけるんだよ」

「たまたまだよ」

「いや、すげぇと思うよ。すげぇけどさ、お前、獣の知識もあんじゃん。下手《へた》したらアタシらヨト族の子孫よりも知識あるだろ。そんないいとこのお嬢様が獣吏にされてんのが納得いかねぇんだよ」

「お嬢様なんかじゃないって。本当に常識のない庶民《しょみん》だよ」

「庶民ねぇ。まあ、残飯に喜ぶところを見りゃそうか。本当に変なやつだな」

再び歩き出す。

いびつな敷石が続く偏殿《へんでん》の横を通る。飛び飛びの敷石は次第に小さくなり、獣のにおいが強くなる頃になくなった。獣吏たちが毎日獣と共に過ごす場所に敷石はない。

「まあでも、頭の出来に関しては、とんでもないお嬢様だな」

「そうなのかな」

「獣吏を見りゃ分かるだろ？　学はねぇし、きれいな話し方もできねぇしさ、最底辺かくあるべしってもんだよ。獣吏がどいつもこいつも馬鹿なだけかもしんねぇけどさ」

しばらく過ごしてみて分かったことがある。

ヨト族の子孫である獣吏たちは、城での生活が長くなっているせいか、城の中の獣を世話する知識には長《た》けていても、獣と距離を縮める方法についてはあまり理解がなかった。

獣を世話する方法論ばかりが継承されている。獣吏は獣を獣として扱い、友だちになろうとは思わないようだった。

きっと彼女たちが森の中で生活をしようと思っても、先に棲《す》んでいる獣たちと馴染《なじ》めずに相当苦労するに違いない。

「明明は四聖城の外に出てみたいの？」

「そう思うこともあったなぁ」

「今は？」

「どうせ歳《とし》取ったらどっかに飛ばされんだし。今は出たいと思わねぇよ。町行ってもどんな生活したらいいのか分かんねぇし」

そうか、外といえば明明にとっては森ではなく町なのか。

「あと、餌待ってる獣がここにいるしな」

「そうだよね。私も」

すかさず応じると、呆れたように嘆息《たんそく》される。

「そういうとこも変なんだよ、お前。今時、獣好きなんてさ」

「獣、かわいいよ？　もふもふに包まれたら幸せだし」

「普通はそう思わねぇんだって。だから雪楼様も侍女頭《じじょがしら》に怒られてただろうが」

「雪楼様も優しい方だよね。獣にまで優しい」

「度が過ぎるくらいにな。貴妃になったのも、そういうところなんだろうな。まあ、だからってお前は調子に乗るなよ。下女は下女なんだから」

「乗らないって。私は獣吏がいいんだよ」

「本当に変なやつ。お前、実はヨト族なんじゃねぇの」

どきりとするようなことを言う。

「…………」

「お前みたいなやつがヨト族だってんなら、アタシら子孫もちょっとは救われたんだろうな。身分が上とか下とか考えずに、獣といれば幸せって……ああ、そんなこと言ってたら最底辺になっちまうか」

「そろそろ仕事に戻ろ」

「そうだな。現実逃避終わりだ。今回は良くやったな、羽」

「どうも。でも、まだ治ったわけじゃないし、油断はできないよ」

「それもそうか。本当に治れば、お手柄だもんな。これでちょっとは待遇改善してくれりゃいいんだけど。まあ、無理だろうけどさ」

ぼやきながら、明明は宿舎に入っていった。


それから三日が経った。

羽は芽萌《ヤームオン》を通して雪楼妃の容態を毎日聞かされていた。水分を摂《と》りながら胃に負担のかからない食事を徹底しているおかげで、見る見るうちに症状は改善されていったそうだ。

食事や生活に関しては侍女頭がいつも以上に厳しく管理していた。女官もそのあおりを容赦《ようしゃ》なく受けることになったという。

「体に良い花を摘《つ》んでこいって、どういうこと!? そんなの聞いたこともないよー！」

芽萌の愚痴《ぐち》を連日聞かされたのだった。

雪楼妃の容態が快復したことで関係者が正殿の前に集められた。

可妍に連れられていくと、侍女頭を伴《ともな》った雪楼が立っていた。

本来の肌色を取り戻し、背筋をぴんと伸ばしている。その立ち姿は玄武宮の主に相応《ふさわ》しい美しさだった。長髪が太陽の光に照らされて艶《つや》めいて見える。

快復を祝福するような陽気に誰もが心穏やかだったが、医官だけはいまだに納得がいかないのか難しい表情をしていた。その隣に立つ鏡水がいつも以上に嬉しそうなので余計に目立っている。

「君の功績を称《たた》える会だぞ」

「や、やめてください」

鏡水に耳元で囁《ささや》かれて羽は距離を取った。どうやら特に用もないのにからかいに来たらしい。

「羽」

「はい！」

雪楼妃に改めて名を呼ばれて緊張しながら一歩前に出る。

「あなたのおかげで助かりました。あなたのような優秀な獣吏が玄武宮にいるのは、とても心強いことです。ありがとうございました。これからも頼みますね」

「い、いえ。私は務めを果たしたまでですから」

「まあ、謙遜《けんそん》を」

羽の後ろで、医官が「ふん」と鼻を鳴らした。

「獣吏ごときが、まぐれのくせに……」

羽には聞こえるが、雪楼妃には聞こえないほどの小声。

その程度なら誰からも咎《とが》められることはないと思ったのだろうが、医官は視野が狭かった。隣には皇太子の鏡水が立っていたのである。

「医官殿」

「……はい？」

「私の侍女に何か不満でも？」

「侍女？　……ひっ」

医官は小さく悲鳴を上げた。

普段は飄々《ひょうひょう》としている皇太子が、人を害するのも厭《いと》わないと言いかねない目で医官を見ていたのである。纏《まと》う雰囲気《ふんいき》は冷酷《れいこく》で、医官は己の失言を否応《いやおう》なく思い知らされることになった。

「め、滅相《めっそう》もございません……！」

侍女……？　獣吏が、侍女？　まさかそんなことがあるものか。獣の世話をするだけで後宮にいることを許されている女が、皇太子殿下の侍女になるなんて。

医官は困惑するほかなかった。

「そうだ」

医官と鏡水の小声でのやりとりはつゆ知らず、雪楼妃は楽しそうに両手を合わせた。

「私、いいことを思いつきました。羽はとても頼りになるわ。もっと傍にいてほしいくらい。なので、よかったら……」

「雪楼妃。残念だが、それはできない」

「あら？」

遮《さえぎ》ったのは鏡水だった。

「羽は私の侍女になる予定でね」

「なっ、なりませんってば！」

羽は即座に否定した。このまま侍女にされてしまってはたまらない。

「あらあら……それなら仕方ありませんね。いつでも連れていってください」

「雪楼様!?」

途端に鏡水の顔に花が咲いた。

「さあ、許しが出たぞ」

ぐいっと羽の手を摑《つか》んで引き寄せる。

「侍女になってもらおうか、羽！」

「ちょっ」

目と鼻の先に花よりも美しい容貌《ようぼう》があった。

…………近い。

この人はどうしていちいち顔を近づけなければ気が済まないのか。そんなことをしなくても声は聞こえるし表情も分かる。目を覗《のぞ》き込むのは本当にやめてほしい。

悪態の一つでも吐いてやろうと思うのだが、首から上が熱を持っていて上手《うま》く言葉にならなかった。

とにかく、離れなければっ！

勢いよく手を振り払い、羽は脇目も振らずに走り出した。

「ごめんなさあああい！」

「まあ！　脱兎《だつと》のごとしね」

雪楼妃は楽しそうに笑っている。

余裕でいられるのは身分の高い鏡水と雪楼だけで、女官長の可妍は己の耳を疑っていた。

「羽が殿下の侍女に……？」

貴妃の容態を快復させただけでなく、皇太子の侍女として誘われている。その上、断って逃げ出すという態度が許されている。獣吏という身分でありながら、これだけのことをやってのける者は前代未聞だった。

遠ざかっていく背中は、皇太子の誘いを惜しむような様子もなく、一切速さを緩《ゆる》めずに駆け抜けていった。羽を追いかけるように風が吹いていく。

鏡水は髪をなびかせながら、穏やかに羽の背中を見送った。

「外堀を埋める作戦は失敗か。まだまだ先は長そうだな」

その困難すらも楽しむように。

皇太子の眼差《まなざ》しは、ずっと遠くを見つめている。


走りながら心の中では絶叫していた。

あのやんごとなき身分の御方は、いったい何が楽しくて下女をからかうのか！

獣と過ごせればそれでいいのに、皇太子の侍女なんて目立つような場所に引っ張り出さないでほしい。獣とは縁のない生活を強《し》いられるだろうし、何も良いことはない。今回だって獣吏としては評価されたのかもしれないけど、侍女の才覚なんていったいどこに見出《みいだ》せたというのか。

「ああもう、どうしてこうなるのー！」

羽は扉が開け放たれている厩《うまや》に駆け込み、柵《さく》を越えて藁《わら》敷きの床に飛び込んだ。

藁のにおい、馬のにおい。

落ち着く空気だ。

「はぁ……」

「はぁじゃねぇよ！」

明明が馬の世話をしているところだった。

うつ伏せに寝転ぶ羽の横顔を馬の舌が撫《な》でる。くすぐったい。

「やっぱり獣と一緒が一番落ち着くなぁ」

「仕事の邪魔しといて勝手に落ち着いてんじゃねぇ！　藁がぶっ飛んだだろうが！」

「ごめんごめん。代わりに私がやっておくよ」

「とか言ってそのままサボるつもりだろ」

「ちょっとだけね？」

「ちょっとでもサボんな！」

まったく……と明明は呆《あき》れたように唸《うな》る。

「また皇太子か？　それとも雪楼様か？」

「どっちも」

「どっちも!?　うそだろ……皇太子はやるから雪楼様の侍女はアタシじゃダメか……？」

「ダメだと思うよ」

「くそっ！　なんで羽ばっかり！」

明明は悔《くや》しそうに頭を抱えた。

「殿下はともかく、雪楼様は本気じゃないって。今回のことで褒《ほ》めてくれただけだから」

「だから褒美《ほうび》の代わりに侍女にしてやるってことだろ？　はー羨《うらや》ましいわ。アタシだってあんとき立ち会ってんのに、今回は呼ばれねぇし」

「仕事があるから気を遣ってくれたんじゃないかな」

「気を遣うなら呼んでくれって話だ」

「えー交代してあげたいくらいだったよ。殿下と雪楼様にはからかわれるし、医官は小言《こごと》ばっかりだし」

「……それはそれでめんどくさそうだな」

「でしょう？」

「いや、騙《だま》されねぇぞ！　ほら、さっさと手伝え！」

「はーい」

飛ばしてしまった藁を腹ばいになりながらかき集める。

ようやく日常に戻ってきたような気分だった。

余計なことを考えずに獣の世話だけしていればいい生活。この幸せは、どんなに偉い人の命令であっても譲《ゆず》りたくないものだ。


翌日。

厩の掃除《そうじ》を終えると、手が空《あ》いた。

今日は雪楼妃の経過観察に来てほしいと言われているので、昼の休憩の頃には正殿に行かなければならない。それまで時間を潰さなければ。

仕事を探して歩いていると兎《うさぎ》が跳ねていたので、しゃがみながら近づいてみる。

「こんにちは。元気かな？」

声をかけてみるが、気まぐれな兎は見向きもせずに口元をもぐもぐ動かしている。

「おーい」

地面に座り込んで目線の高さを合わせ、顔を覗き込んだ。

兎の目は、ぽけーっと遠くを見ているようだった。食事を終えたばかりなのか、もぐもぐと動かす口の周りは汚れている。

「汚れてるねぇ」

食事の後なのだから当然だ。

特に兎のようにふさふさした毛を持つ獣は汚れやすい。獣が自分で拭《ぬぐ》うにしても限界があるので、人が汚れを取ってやらなければしばらく汚れたままになる。

そんな当たり前のことに、何か違和感を覚える。

「何をしているんだい？」

突然降ってきた声に羽は跳び退った。

「鏡水様!?」

今朝逃げてきたはずの相手がいつの間にか後ろにいた。

兎に集中しすぎて油断していた。城での生活に慣れすぎてしまったのかもしれない。これが森だったら絶対に声をかけられる前に気づいたはずなのに。

「なんでこんなところにいるんですか？　皇太子殿下が獣吏なんかのところに足繁《あししげ》く通っていいんですか!?」

「侍女《じじょ》の活躍を讃《たた》えるのも仕事のうちだ」

侍女じゃない……！

「ところで、兎の顔を覗き込んでどうかしたのかい？」

幸か不幸か鏡水が現れたことで違和感の正体に気づいた。

日常が恋しすぎてほんの少し前のことすら頭から抜け落ちてしまっていたらしい。羽は兎を抱え、改めて考えてみる。

「大したことではないのですが……食事の後なら口の周りは汚れていますよね」

「それはそうだろう」

「いくらかわいくても口周りが汚れた獣と接吻《せっぷん》しますかね？　獣はもちろん、人間同士だってないのでは……」

「雪楼妃の話か」

はっきり違和感と言えるほど大きな引っかかりでもないが、見過ごせるほど小さなことでもない。

食中毒になったということは、猫は間違いなく食事をしたばかりだったということ。ただでさえ禁《きん》忌《き》と言われる行いなのに、わざわざ口元が汚い猫を相手に接吻などするのだろうか。

鏡水は口元に手を当てて思案する。

「たしかに不可解だ」

「白虎宮に行ったときに、現場に獣吏がいたのかはっきり聞いておけばよかったです」

「貴妃同士の茶会に獣吏が付きっきりというのは、むしろ考えにくいかもしれんな。どこの獣吏も待遇は良くない。特別な事情がない限り、侍女が貴妃に近づけようとしないだろう。雪楼妃も今回の件は異例だったはずだ」

思い返してみると、同じ玄武宮で過ごしているはずなのに、一度も見たことがなかった。

今回たまたま獣が関わる事情で呼ばれなければ、このままずっと姿を見なかったかもしれない。

「そうだとしても、侍女への注意くらいはしているはずです。いや、そもそも……日頃猫のお世話をする獣吏なら、接吻で食中毒になる危険があることくらい把握しているでしょうし、食事をしたばかりの猫を預けるのでしょうか」

「まさか貴妃が接吻するとも思うまい」

「猫が茶器を舐《な》めれば毒は移るはずです」

「ふむ。それもそうだな……。毒はどうすれば消える？」

「水を飲ませてあげて、濡れた口周りをしっかり拭いてあげることですね。それでも毒によっては不十分ですし、あとは毒が消えるまで待つしかありません」

「だとすれば話は早いな。白虎宮の獣吏が未熟だったか、あるいは……故意か」

故意。

その言葉が意味するところは、単純にして明快だ。

「誰かに命を狙われたってことですか？」

「ないとは言い切れないだろう。後宮の貴妃たちは、皆、我が子を次の皇帝にと願っている。子が皇太子になれば、その母は皇后になれるわけだからな。毒を盛り他の貴妃を陥《おとしい》れるなど、昔からよくある話だ」

「よくあるって……」

「後宮では目立つ者ほど死ぬのが早いのだ。つまり、現在の皇后である母上や皇位継承権を持つ私は、後宮の貴妃たちにとって特に排除したい存在と言える」

「そんな……」

「私に呪いをかけたのも、恐らく四貴妃の中の誰かであろう」

皇太子は呪いの子。

獣吏の間にまで伝わってしまう後宮内の常識。

その詳細が気にならないと言えば嘘になるが、侍女になる誘いを断っている自分が、踏み入っていい事情でもないように思う。

何よりも、聞いてしまえば人間同士の争いに巻き込まれかねない。その覚悟も勇気も、今の羽にはなかった。

「そうまでして……地位を上げる必要があるのですか」

「無欲なのは、君くらいなものだ」

人の上に立つことが欲なのだとしたら、羽には無縁の世界だった。

「いや、欲の一言で片付けられるほど単純な話でもないか。貴妃である以上、責の一つに関わるのだから」

「責、ですか？」

「皇位継承可能な男子を一人でも多く産むことだ。今の四貴妃は皇太子の母という立場でこそないが、皇帝の子を産めば宮殿自体の地位は上がっていく。後宮に関わる誰もが、自分が仕える貴妃を推すため必死になっているのだ。よその貴妃が不健康であれば、都合がいいわけだ」

「じゃあ、今回の事件は白虎宮の貴妃が指示したと……？」

「さてな。だが──噂《うわさ》では、白虎宮の貴妃は最年少ながら、なかなか強《したた》からしい。侍女たちを馬車《ばしゃ》馬《うま》のように働かせ、他の宮殿を貶《おとし》めるべく偵察もするとか」

「そんな人がいるのですか……」

「あくまでも噂にすぎないがな。私も白虎宮の貴妃とは、ほとんど面識がない。交代したばかりなのだ。それよりも、君が雪楼妃を救った優秀な娘として、標的にされてしまわないか心配だ」

言いながら、さりげなく肩を寄せてくる。

気づけば息がかかるほどの近さに顔があった。

この人は……いつも距離感を間違っている！

「あっ！　雪楼様といえば、この後、用事が！」

「何？　そうなのか……それは、がんばりたまえ」

そろそろ経過観察に行ってもいい頃だろう。あまり気は進まなかったが、この状況から逃れられるなら都合がいい。

羽は駆け足で正殿に向かうのだった。


「失礼します」

雪楼妃の寝所に入ると、すでに医官が来ていた。

「ま、またお前か……！　経過観察にまで顔を出しおって！」

医官は羽を見るなり顔を青ざめた。どうやら、鏡水による脅《おど》しは相当効き目があったらしい。

「獣吏なんてお呼びでない。帰れ！」

「私がお願いしたんです」

雪楼妃がにっこりと笑った。

「うっ……こ、これは、失礼いたしました」

「よろしい。では、座ってください、羽」

「失礼します」

羽は用意されてあった椅子《いす》に腰を掛けた。

円形の几《つくえ》を三人で囲う。侍女頭が椅子を前にして座っていないところを見ると、もしかすると獣吏のような下女も座るべきではなかったのかもしれない。

立ち上がろうとしたが、一度座ったのに立ち上がるのも失礼かと思い、羽はそのまま話を聞くことにした。

「しかしですな。獣吏にできることはもうありませんよ。雪楼様は健康そのものだ」

「そうでしょうね」

侍女頭は何食わぬ顔で言った。

「経過観察はお二人を呼ぶための表向きの理由です」

「表向き……ですか」

不穏な雰囲気《ふんいき》だった。

部屋の扉が閉まっているのを確認した後、侍女頭は声量を抑えて切り出す。

「今回の事件の犯人について、見解を教えていただけないかと」

……やはり、雪楼妃が治って解決とはいかないようだった。

「でも、必ずしも犯人がいるとは……」

「獣吏の頭では想像もできんか」

羽の意見を医官が遮《さえぎ》る。

「貴妃が倒れたのに偶然で済むわけなかろう。何者かの謀《はかりごと》を疑うべきだ」

「ごめんなさいね。私は犯人捜しなど不要だと言ったのだけれど」

「何を仰《おつしや》いますか！」

侍女頭は悲痛な声を上げた。

「そもそもね、私の軽率《けいそつ》な行動のせいでしょう？」

「そこにつけ込んだ輩《やから》がいるに違いありません！　犯人を野放しにしていたら、今度こそ一大事になりかねませんよ！」

同感ですな、と医官が応じる。

「まぁ、犯人は十中八九、白虎宮の貴妃である秋鈴《チュウリン》妃でしょう。仲の良い雪楼様には酷《こく》な話ですがね」

「秋鈴は人を害するような子ではないわ……」

お言葉ですが……と、侍女頭も医官に続く。

「私も医官と同じ見解です。秋鈴妃は最年少ながら賢い方ですからね。幼い見た目を利用して人を騙《だま》すのです。そもそも、前の貴妃が倒れたのも、秋鈴妃が――」

「そこまで」

おっとりとした雰囲気の雪楼妃が、声を低くして遮った。

「それ以上、貴妃への侮辱《ぶじょく》は許しません」

「……………申し訳ございません」

秋鈴妃は雪楼妃にとっても友人にあたる。噂でしか秋鈴妃を知らない二人から好き放題言われては、寛大な雪楼妃も黙ってはいられなかったのだろう。

「羽はどう思いますか？」

「そうですね……。秋鈴妃のことを私はよく知りませんし、故意だとしてもおかしくはありませんが……貴妃、侍女、女官、獣吏……白虎宮の全員を疑うべきでしょう。貴妃だけを疑うのは道理に合いません」

「そうでしょう。後宮に諍《いさか》いは付きもの。犯人捜しなんて詮無《せんな》いことです」

侍女頭が困ったような顔をしている。たしなめられてしまった手前、はっきりと言い出せないのか、顔色を窺《うかが》いながら口を開く。

「しかしですね……秋鈴妃をかばうお気持ちは、分かりますが……」

ぱん、と話をまとめるように雪楼妃は手を叩いた。

「私は元気になったでしょう？　この話はおしまい！　ね？」

貴妃にそう言われてしまえば、これ以上、議論するわけにもいかない。侍女頭と医官の二人は煮え切らない表情をしたまま、話し合いはお開きになってしまったのだった。

空は曇り空。

湿気《しけ》た空気が風に乗って流れてくる。

羽は正殿の廊下《ろうか》を早足で通り抜けると、まっすぐに厩《うまや》に向かって歩いていった。こういうときにやるべきことは、はっきりしている。

厩の扉を開けた。

「ちょっと待ったぁ！」

羽の前に明明が立ちはだかった。

「通して！　私は藁《わら》に飛び込むの！」

「ふざけんな！　アタシらの仕事を増やすつもりか！」

「飛ばせて！　飛ばせて！」

明明を含む駆け寄ってきた獣吏たちに取り押さえられながら、羽はじたばたともがく。

「うがー！　うがー！」

「その様子じゃ聞くまでもねぇだろうが……どうだったんだ？」

「……殺伐《さつばつ》としてた！」

「だろうな」

「やっぱり私、獣のお世話が一番好き……」

「経過観察は建前《たてまえ》で、犯人捜しが本題だったってとこか」

さすが、明明は察しが良い。後宮で長く過ごしてきただけのことはある。

「秋鈴妃は幼さを利用して人を騙すんだってー」

「ははは、かもなー」

獣吏たちが羽を引っ張って馬の背にくっつける。

途端に気が楽になった。

馬のにおい、毛並み、穏やかな息づかい、ここに小さな幸せがある……。

「はぁー……」

「ちょっとは落ち着いたか？」

「あと二匹……」

「なんでだよ。まあいいや、お前はそこで休んどけ」

「あれ？　いいの？」

「調子落としたやつに荒らされても困るんだよ」

「明明が優しい……」

「仕事の邪魔すんなって言ってんの。寝とけ寝とけ」

「やった！　お言葉に甘えて、おやすみぃ」

馬にべったりとくっついて大人しくしていよう。

雪楼妃の事件は犯人捜しがなければ、これ以上関わることもないだろう。どろどろした跡目争いなんて見たくも聞きたくもない。一眠りして夢でも見たら忘れてしまおう。獣吏という身分には、獣と過ごす日々がちょうどいいのだ。

「やっほー、明明！」

「あー？　芽萌じゃん」

窓の外から芽萌が覗《のぞ》いていた。

「小羽《シャオユウ》も！」

「や、やっほー」

なんとなく嫌な予感がした。

こんな昼下がりになんの用もなく芽萌が厩なんかに来るわけがない。

「女官長が呼んでるから一緒に行こ」

「うげ！」

明明は露骨に嫌な顔をした。

ここは、寝たふりをしてやり過ごそう……。

「呼ばれてるのは小羽だけね」

「っしゃあ！」

「………私だけ？」

嫌な予感が的中しそうだった。

「行ってこい、羽」

「明明が優しくない！」

「前言撤回してんじゃやねぇ！　お前が獣吏の待遇を改善してくれんなら、優しいどころか崇《あが》めたてまつってやるよ」

「……がんばります」

「さ、行こ。小羽」

「はぁい」

馬のもとを離れるのが名残惜《なごり》しかった。

毛並みを一通り撫《な》でてから厩を出る。残った体温が風に冷やされていった。

案内をする芽萌はにこりと笑った。

その笑顔が一番不穏なのだ。

偏殿の中は普段通りに女官たちが仕事をしている。掃除《そうじ》をしている人、ばたばたと走り回る人、手が空《あ》いている女官には、学を重んじる高流帝の意向により教育が行われている。

炊事場《すいじば》にネズミが出た一件以来、偏殿の空気はかなりきれいになった。以前までは多少の埃《ほこり》っぽさを感じていたのだが、明らかに改善されている。鼻の利《き》く羽ですら、埃の原因となるカビや生物の老廃物のにおいを感じられなくなっていた。

集中している人たちの邪魔にならないように羽は静かに部屋の横を通り過ぎた。

女官長が待つ部屋の前に立つ。

覚悟を決めようとしたが、それよりも先に芽萌が入っていってしまう。準備ができないまま羽も慌てて後に続く。

「連れてきました！」

部屋には女官長の可妍しかいなかったので、ひとまず安心した。侍女頭《じじょがしら》や医官がいるのではないかと思っていたのだ。

「またネズミですか？」

安心したことで軽口を叩いてしまう。

「我らが玄武宮にネズミなど二度と出ません」

「で、ですよね」

冗談の一つも通じず、ぎろりと本気の目が羽を睨《にら》んでいた。この厳しさで徹底的に掃除しているのだとしたら、なるほど、偏殿の空気はきれいになるし、油断しなければネズミも出ないだろう。

「芽萌、外しなさい」

「はーい！」

可妍に言われて芽萌がそそくさと部屋を出て扉を閉めていった。

狭い部屋に羽と女官長の二人きりになると、再び嫌な予感が鎌首をもたげる。

「あまり人に聞かせる話でもありませんので」

可妍は声を潜めていた。

「……というと」

「羽」

「はい」

改めて名前を呼ばれるときは、あまり良い話をするときではない。芽萌を外したということは、やはり最近あったばかりの事件の話だろうか。せっかく嫌な人間関係から逃れられると思ったのに。

しかし、その予想は見事に外れてしまった。

「皇太子殿下とはどういう関係なのですか？」

「ど、どういう関係って、なんですか!? 何かあるみたいな言い方じゃないですか！」

「…………何かあるように見えたから聞いているのですが」

「なんにもありませんよ！ なんにも！」

「まあ、いいでしょう。あまり詮索《せんさく》すると、殿下に対する不敬《ふけい》ですから」

安堵《あんど》のため息を吐く。人間関係の話を予想してはいたが、まさか皇太子から侍女に誘われている件を突《つ》かれるとは思わなかった。侍女に誘うだけならいいのだが、最近のあの人は、そうすれば喜ぶとでも思っているのかやけに距離が近い。

どういう関係……。

皇太子と下女。それ以上でも以下でもないし、獣吏の自分としては並べて語ることにすら違和感がある。

「さて、本題ですが」

「えっ、本題」

「獣吏が他の宮殿へ手伝いに行くことがあるのは知っていますか？」

「時期によってあるみたいですね」

「その通り。そこで羽、明日から少しの間、白虎宮《びゃっこきゅう》に行きなさい」

「え、いいんですか？　白虎宮って、玄武宮とは違う獣を飼っているんですよね？」

「そのようですね」

「嬉しいです。本題って、このことだったんですね」

「話は最後まで聞きなさい。あなたの白虎宮行きの件、侍女頭が話をつけてきました。何か手がかりを見つけて帰ってきなさい」

「…………結局！」

獣の話を先にされてから本題を出されたので落胆《らくたん》も大きかった。

せっかくまだ見ぬ獣たちに会えると思ったのに。

「雪楼様はこのまま終わらせるおつもりのようですが、真相を明らかにするのも仕える者の務めです」

「雪楼様には伝えていないのですか？」

「伝えていません。とても寛大な御方ですから、お伝えすれば、また止められてしまうでしょう。雪楼様をお守りするためにも、調査は進めるべきです」

羽は口を閉ざして思案する。

今回の件で白虎宮の侍女に話を聞きに行ったのは自分だ。もしも犯人がいたとして、侍女から聞いた話だけでは誰が犯人なのか、あるいはそもそも犯人がいるのかすらも分からなかった。それは自分の責任と言える。

雪楼妃の症状は食中毒。獣を使った犯行だ。だとすれば、獣吏の誰かが調査しなければいけないのは道理。

不十分な調査をしてしまった責任もある。

嫌だとばかり言っていられない。

羽は気を引き締めた。

「分かりました。雪楼様のためにも改めて調査してきます」

「やる気になってくれたようでよかったです。もっとも、あなたには拒否権はありませんでしたけれど」

「あはは……そうですよね」

「いずれにしても、あなたにはまたとない機会でしょう。獣吏の身分で貴妃に貢献できるなんて、異例なことですから。良い報告を期待しています」

期待されたところで、能力以上のことができる気はしない。獣吏という身分は下女に過ぎず、あまりに立ち入った調査はできないだろう。それでも侍女や女官でも内偵の宦官《かんがん》でもなく、獣吏に任が回ってきたのだ。

獣吏のような身分の人間に調査ができるわけないと侮《あなど》る者は多いだろう。

普段の仕事で宮殿間を行き来する獣吏。その中でも……今回のように正しい知識で解決まで辿《たど》り着ける者は少ない。さらに獣が好きであることにも嘘はなく、誰よりも自然に忍び込める。その点で、羽より打ってつけの人材はない。

「自然体でいる方が、目的はバレにくいですよね」

「そうだと思いますが」

「わかりました。では、存分に獣のお世話をしてまいります」

羽は思わず鼻息が荒くなった。

「私は、あなたが本当に優秀な獣吏なのか分からなくなることがあります」

「まだまだ新入りです」

「……精進《しょうじん》なさい」

第三章　白虎の妃

【一】虎の巣穴

人は人に会うとき、言葉を交わして相手に敵意がないかを判断する。言葉を介し、感情を発露し、仲間であると認めれば互いに絆《きずな》が生まれる。人とは用心深いもので、長い時間をかけてここまでしなければ赤の他人を心の底から信用できないのである。

人は獣と違って嘘を吐く。

どれだけ長い時を互いに過ごしたとしても、裏切ることがあるのが人という生き物だ。

雪楼《シュエロウ》妃は秋鈴《チュウリン》妃と仲が良く、かばい立てすることもあるが、実際に広まっている噂《うわさ》はひどいものだった。

曰《いわ》く、幼い見た目を利用して人を騙《だま》す。侍女を馬車馬《ばしやうま》のようにこき使い、他の宮殿の偵察も厭《いと》わず、自らの地位のためには貴妃《きひ》すらも陥《おとしい》れる。

その噂が本当なのであれば、雪楼妃が秋鈴妃と仲良くしているというのは、玄武宮《げんぶきゆう》に仕える者として落ち着かないものかもしれない。

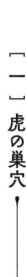

「いくら寛大でも、悪人を許すような人ではないと思うけどなぁ」

歩きながら羽《ユウ》は考えていた。

今回の件、白虎宮《びゃっこきゅう》の全員が犯人になり得る。それは当然、白虎宮の主である秋鈴妃も例外ではない。疑わないわけにはいかないので、最低でも秋鈴妃だけは白であると言い切れるだけの根拠も見つけたいと思っている。

噂を真に受けるよりは、雪楼妃の人を見る目を信じたい。

それが羽の個人的な想いだった。

しかし、相手も貴妃《きひ》だ。同じ貴妃である雪楼妃の目を騙すほどの才覚があったとしても、不思議ではない……と、考え始めると堂々巡りだった。

「うーむ……難しい」

宿舎に戻る途中で突っ立っていると、突然、股《また》の間を猫が駆け抜けていった。

「猫！」

猫は白虎宮の獣だ。

迷い込んでしまったのだろうか？

捕まえて返してあげなければ。

「待ってえええええ！」

後ろから凄《すさ》まじい声が聞こえたかと思えば、直後には羽の横を弾丸のような勢いで人が走り抜けていった。

猫を追うその後ろ姿に見覚えはない。

背は低く幼い印象があり、腰のあたりまで伸びた髪は髪留めでまとまっている。獣の足跡を象《かたど》った意匠《いしょう》の髪留めは黄金に光っている。そして、特筆すべきは服装だった。

下女の平服にしては華美な装飾が目立つ。赤を基調とした色鮮やかな布地は、上等な布であるからこそ映えるものだ。

しかし、その服の大きさは幼い体に見合ったものではなかった。

走る彼女は裾《すそ》を踏みつけて前のめりに転んだ。

幼い見た目……やんごとなきお召し物……白虎宮の猫……。

その特徴から導かれる人物は、ただ一人。

秋鈴妃、なのだろうか？

「あ、あの……」

おずおずと声をかけると、うつ伏せに倒れていた彼女は、がばっと顔を上げた。

「うっ……ひぐっ……」

大きな怪我《けが》はなさそうだが、転んだせいか泣きべそをかいている。

「大丈夫……ですか？」

「猫ちゃんが……」

幼い手が、猫の背中に向けて伸ばされている。

到底届かない位置だ。代わりに猫を捕まえてあげようとする羽だったが、屈んだ途端に猫は手の間をするりと抜けて玄武宮の奥へと逃げていった。

「あっ」

「ううっ……逃げちゃった……」

「厩《うまや》に入りましたね」

「捕まえて！」

「わ、分かりました」

馬も見慣れない獣が来たらびっくりするだろう。早く捕まえてあげなければ。

とはいえ、猫だって簡単に捕まるような獣ではない。身軽さ、俊敏さはもちろん、見た目以上に柔軟な体をしている。触れられたからといって、すんなり抱えさせてくれるわけでもないのだ。

猫を捕まえるのにちょうどいいものがある。

羽は近くの茂みから狗尾草《えのころぐさ》を引き抜いた。所謂《いわゆる》、猫じゃらしである。

「さあ、捕まえましょう！」

女の子は羽の後ろで涙を拭《ぬぐ》いながらついてきた。

厩の扉は開けっぱなしになっている。中を覗《のぞ》き込んでみると、奥に猫はいるが、獣吏《じゅうり》たちはどうやらいないようだった。このまま姿を見せても警戒されるだけだろう。

扉の横に身を隠し、猫が見える位置で猫じゃらしを動かした。

猫は獣の中では目が悪い方だ。

その目の悪さは人と比べても劣るほどで、遠くの物はぼやけて見えてしまう。近くにあっても遠くにあ
猫じゃらしを素速く振れば、それを獲物と勘違いして狩猟態勢になる。近くにあっても遠くにあっても飛びつかずにはいられないのだ。猫の本能をくすぐる遊びである。

厩の奥でざっ、と地面を擦る音がした。

猫が厩を勢いよく飛び出してくる。前脚をめいっぱいに伸ばし、着地すると同時に猫じゃらしを捕らえていた。

そこを狙って羽は猫を抱き上げる。

「はい、捕まえた」

飼い慣らされているらしく、羽の腕に収まった猫は暴れなかった。

「すごーい！」

「はい、どうぞ」

「よかったぁ」

女の子は猫を受け取ると、思いっきり抱き寄せた。猫が前脚を突き出して彼女の頬《ほお》で突っ張る。

逃げた理由がなんとなく分かるような光景だ。

「猫ちゃんは簡単には捕まりません。なので、捕まえたければオヤツやおもちゃを使うといいです

よ」

「へぇ。詳しいのね」

「獣吏なので」

「お名前は？」

「私、玄武宮の羽と申します」

「羽ね。あたし、秋鈴。よろしくね」

やっぱり、この人が白虎宮の秋鈴妃……。

噂に聞くような印象とはかけ離れていた。最年少で賢《さか》しい人物だと想像していたが、思いのほか幼い雰囲気《ふんいき》だ。顔はまん丸で素直な目は真っ直ぐ。わっと口を開いて笑う姿は、あまりにも無邪気に見える。

「あっ、うさぎ！」

羽の後ろを兎《うさぎ》が跳ねていった。

玄武宮では日常的な光景でも、普段から白虎宮にいる秋鈴妃には見る機会も少ないのだろう。興味津々《しんしん》に目を輝かせている。

「触ってもいい？」

「もちろんです。大丈夫ですよ」

「やった」

秋鈴妃は兎のそばにしゃがみこんだ。兎はわずかに顔を上げたが、逃げずにその場にとどまっている。恐る恐る手を伸ばす。指先が触れると、兎は秋鈴妃の足下に寄ってきた。

「か、かわいい……！」

幸せそうな笑顔だった。

後宮に来てからは羽が久しく見ていない無垢《むく》な姿だ。

獣と触れ合って幸福を感じるような人が、後宮の人間関係に執着などするのだろうか？

「秋鈴様！」

遠くで呼ぶ声がしている。

「あ、行かなきゃ。侍女《じじょ》が探してるみたい。ありがとね、羽」

「いえ、お気をつけて」

猫を抱えた秋鈴妃は、侍女の声がした方へと歩いていった。

白虎宮で秋鈴妃の情報を集めるなら、侍女や女官に話を聞くしかなかっただろう。他人の評価を聞く前に、こうして秋鈴妃と実際に会えたのは幸運だったのかもしれない。

「おい、羽」

振り返ると明明が歩いてきていた。

「今のって、秋鈴妃じゃねーのか？」

「そうだよ」

「厩に戻ろうとしたら、とんでもねぇ格好のやつがいたからな。びっくりして隠れちまったよ。何しに来てたんだ？」

「猫が玄武宮に迷い込んだみたいで――」

「はあ？」

明明《メイメイ》は呆《あき》れたように嘆息《たんそく》した。

「そんなの、嘘に決まってんだろ？」

「嘘？　猫が迷い込んだっていうのが？」

「ああ。どうせ玄武宮を陥《おとし》れる隙《すき》を探しにきたんだ。偵察だよ、偵察」

「そんな風には見えなかったけどなぁ」

「そりゃ全部、演技だからな。あざとい顔して人を騙《だま》すって言われてんだぞ。だいたい獣吏がちゃんと躾《しつ》けてる猫が、玄武宮に逃げてくるかね。今までだって一度もなかったぞ」

それはそうかもしれないが、鏡水《ジンシュイ》の言葉を思い返せば、白虎宮の貴妃が秋鈴妃になったのは比較的新しいこと。前の貴妃が猫と遊ぶような人ではなかったとしたら、今まで猫が玄武宮に迷い込むことがなかったとしてもおかしくはない。

「兎を撫《な》でて帰っただけなんだけどなぁ」

「羽は秋鈴妃に味方すんのか？」

「味方というか、まだ何も判断できないだけ。少なくとも、悪い人には見えなかったよ」

「お人好しだな、お前は。そんなお花畑みたいな頭してっとな……いつか悪いやつに裏切られて後《こう》悔《かい》すんぜ」

「あはは……」

そうか、と思う。

ここは後宮だ。他人は疑ってかかるのが常である。明明は常識に則《のっと》って秋鈴妃を判断しているだけで、悪気があるわけではないだろう。口は悪いが、悪人ではないことくらい分かっている。

人は見かけによらない。

その実態は、良い場合も悪い場合もあるのだ。

「気をつけるよ」


羽が白虎宮で仕事をする当日。

玄武宮の獣吏たちからは、いつもの調子で送り出された。他の宮殿に出張するのは、よくあることだ。今さら大々的に送り出すようなことはしないらしい。

侍女頭が話を通してくれていたので、羽は一人で白虎宮にやってきた。

まずは獣吏たちに挨拶《あいさつ》がしたい。

「こんにちはー」

獣吏舎に顔を出してみるが、誰もいなかった。

自分の声だけがだだっ広い宿舎の室内に虚《むな》しく響く。

白虎宮では猛獣が飼われていることもあり、普段から多くの獣吏が詰めているのだろう。玄武宮よりも広い宿舎だった。充満している獣のにおいも玄武宮とは違うものだ。

「猫、虎、犬……あとは、ハクビシンとイタチがいるのかな……」

前者の三匹はともかく、後者の二匹を飼い慣らすのは簡単ではない。ハクビシンやイタチは人里に現れることもあり、時には害獣扱いされることもある。獣が子どもの時分から躾けていなければ決して馴《な》れることはないだろう。それだけ、長く連綿と共生が続いていると言えるのかもしれない。

「みんな獣のお世話中かな？」

宿舎を出る。

猛獣の鳴き声が宿舎を挟んだ向こう側から聞こえてきた。同時に悲鳴が上がる。

何かあったのだろうか。

急いで反対側に回ってみると、獣吏たちがいた。

腰を抜かしている獣吏がいる。恐らく悲鳴を上げたのは彼女だろう。

餌《えさ》の入った鍋《なべ》をひっくり返してしまっていた。周りの獣吏たちは彼女を助け起こすこともなく、憐《あわ》れみと軽蔑《けいべつ》の目で遠巻きに見ている。

「あーあ、これだから仕事のできないやつは」

「責任とって食事抜かないとね」

「飯の取り分増えるから助かるわー」

周りは聞こえよがしに好き勝手なことを口にしている。

立ち上がれずにいる彼女はただ黙っているばかりで、悔《くや》しそうに歯がみしていた。

羽は歩み寄って手を差し出す。

「大丈夫？」

その手を取りかけた獣吏だったが、羽の顔を見るなり、手を弾いて跳び退った。

「寄んないで！」

えっ……と、羽は驚いて弾かれた手を見つめる。

何か悪いことでもしただろうか。

彼女に向けられていた周りの視線は、一斉に羽に向けられた。その目は、ナワバリを侵略に来た敵に向けるかのような敵意に満ちたものだった。

はっと息を呑《の》んだ。

そうか、悲鳴を上げて倒れている人がいるのに、誰も助けようとしない時点で気づくべきだった。人が増えれば増えるほど、それだけ争いの火種が生まれてしまう。

健康そうな獣吏がいる一方で、痩《や》せ細り目の下にクマを作る不健康な獣吏がいる。この宮に助け合いなどというものはないのだ。

弱肉強食。

富める者はさらに富み、貧しき者はさらに貧しくなる。

宮殿が違えば常識も変わる。これが、白虎宮における掟《おきて》。

獣吏という役職は最底辺かもしれないが、その中でも自分はいかに恵まれた環境にいられたのかと思った。

「あっははは！」

静まりかえった空の下、嘲《あざけ》るような笑い声が聞こえた。

猛獣の檻《おり》がある。

その声は、格子《こうし》の向こう側からだった。檻の中に人よりも大きな体軀《たいく》の虎と、そこに寄り添う獣吏の姿があった。

「嫌われ者だねぇ、君は」

羽は自分に向けられた言葉なのだと気づく。

声は高いがたしかに男のものだ。

後宮に男がいるはずはない……だとすれば、宦官《かんがん》だろう。中性的な見た目をした宦官が涙を浮かべるほど腹を抱えて笑っている。

宦官の獣吏もいるのか。

玄武宮にはいなかったので、勝手に宦官は獣吏になれないものだと思っていた。

「怖くないの？」

檻に近づきながら聞いてみる。

先の猛獣の鳴き声は、恐らくここにいる虎のものだろう。悲鳴を上げて腰を抜かした獣吏もいたのに、この宦官の獣吏は怯《おび》えるどころか虎の檻でくつろいでいる。

「はぁ……虎が？　君もそっち側ってわけ？」

「怖がる獣吏もいるみたいだから」

「ははあ、なるほどね。人って不思議だよね。猫はかわいがるのに虎は怖がる。獣なんてどれも同じなのにね」

城の中で育った獣吏にしては珍しい考え方だ。

森育ちの里の者が言うのであれば何も思わないが、まさか後宮でこんな考え方を耳にするとは思わなかった。

特別な獣はいない……その考えは、どこか親近感を覚える。

「君、玄武宮の羽でしょ？　皇太子殿下の女が手伝いに来るって噂《うわさ》になってたよ」

「皇太子殿下の女!?　ご、誤解だから！」

「どうやって証明する？」

「え……証明なんて。するまでもなく、私、獣吏だし」

「そう、獣吏であることが問題だ。ボクら獣吏っていうのは、最底辺の身分なんだ。なのに君は殿下の寵愛《ちょうあい》を受けている。そんなおかしな話があるかい？　ここにはろくに飯も食わせてもらえない獣吏がいっぱいいるっていうのに……。まったく忌々《いまいま》しいね……」

「そんな……」

背中に憎悪を感じる。

怒りを湛《たた》えたような荒い息づかいが羽を遠巻きに囲んでいた。

猛獣の檻に放り込まれた草食獣の気分だ。そこに交渉の余地など存在しない。これでは手がかりを見つけて帰るどころか、まともに仕事をさせてもらえるかどうかも分からないではないか。

「なーんてね！」

檻の中の獣吏は笑顔でおどけて見せた。

突然のことに羽は唖然《あぜん》としてしまう。

「他人が誰と交尾しようが、どーでもいいじゃん！　人間って馬鹿ばっかりだよねぇ」

よろよろと立ち上がった宦官は、檻を挟んで羽に近づく。格子の隙間から伸ばされた手が、羽の首に触れた。突然のことにびくりと肩が跳ねる。

「ボクの名前は宇苗《ユーミヤオ》だ。君は優秀な獣吏なんだろ？　だったら、入ってきなよ。こっちの、虎の檻の中にさ」

「…………」

試すような口ぶり。

普段なら付き合うこともないと思っただろうが、宇苗の考え方に興味がある。獣を特別視せず、人間の営《いとな》みをどうでもいいと切って捨てるような、他の人とは違う考え方に。

これだけ殺伐《さつばつ》とした宮殿で飼われている猛獣が、どんな性格をしているのかは分からない。危険が絶対にないとは言い切れない。

獣吏たちが羽を逃がすまいと無言で距離を詰めてくる。

元より逃げるつもりはない。虎の世話はしたかったことだし、ここで認められなければ犯人捜しなど到底不可能だろう。

羽は虎の檻の入口に立つのだった。


その頃、鸞宮《らんきゅう》の執務室では鏡水が頭を抱えていた。

皇太子としての仕事は決して多くはないが、他国との外交や政《まつりごと》の一部は皇太子が担《にな》う仕事である。送られてきた書簡《しょかん》に目を通していると、先送りにしていた祭事の準備にいよいよ取りかからなければいけないことを思い出してしまったのだった。

「どうかなさいましたか」

入口の横に立っていた浩文《ハオウエン》が目ざとく指摘する。

「豊獣《ほうじゅう》の儀だ」

「そろそろ準備が必要ですね。明日にでもお声がけするつもりでした」

「……気が進まんな」

「できる限りのお手伝いは致します。仙術士《せんじゅつし》に声をかけましょう」

「よい。どうせ声をかけずとも、やつは勝手に来る」

「その書簡は仙術士からですか」

「ああ。儀式をやるのは構わないが、仙術士には会いたくないものだ」

「無理を仰《おっしゃ》らないでください」

「どうせ会うなら……そうだ、羽に会いに行こう」

椅子《いす》から立ち上がった鏡水は途端に元気になった。

「本日の我が侍女《じじょ》の予定について教えてくれ」

「はい。本日の獣吏、羽の予定は、いつも通り朝餉《あさげ》を済ませた後、白虎宮へ出張する予定です。獣吏の仕事を手伝うのは建前《たてまえ》で、真の目的は雪楼妃の件の犯人捜しとのこと」

「ふむふむ。その後は？」

「玄武宮に戻って夕餉を摂《と》った後、鸞宮にて神獣《しんじゅう》のお世話となります」

「神獣の当番について、持ち回り制を廃して玄武宮の任にする話はどうなっている？」

「協議を終えて玄武宮の女官長の承認を得るのみです」

「早くしろと伝えておけ。さあ、白虎宮に行くぞ」

「かしこまりました」

鏡水は従者の浩文を連れて鸞宮を出た。

白虎宮に足を踏み入れると、女官たちの注目を集めた。

白虎宮は玄武宮よりも女官の数が多い。貴妃である秋鈴妃がまだ幼いこともあり、これから貴妃に相応《ふさわ》しい淑女《しゅくじょ》へと成長してもらうために手厚く人員を揃えたと皇帝から聞いていた。

「私の侍女が来ているはずだが、どこにいる？」

すれ違う女官は鏡水の姿を見て頬《ほお》を染めている。声をかけると、緊張したようなか細い声音《こわね》で返事があった。

「と、虎の世話をしているようです」

「虎か。白虎宮の虎は名物だからな。父上も大層気に入っている。どれ、私も見物させてもらうとするか」

奥へ進むにつれて獣のにおいが強くなってくる。

獣吏が集まっているようだが、どうやら虎の檻はその先にありそうだった。人混みが邪魔で前に進めない。無言でどかすわけにもいかず、鏡水は背を向ける獣吏たちに声をかけた。

「何をしている？」

「殿下!?」

集まっていた獣吏たちがざわついた。顔を見るなり視線を逸《そ》らし、そそくさと持ち場に戻っていく者ばかりだ。その中に羽の姿はない。

思いがけず道が開けてしまった。

何か後ろめたいことでもあったのだろうか。

「来たぞ、羽。羽はどこだ」

虎の檻の中に人影があった。

その人影は、地べたに腰を落としている。

まさか――。

「羽！」

その声は、檻の中で響く笑い声にかき消された。

はっ、と人影が振り返る。

「鏡水様!?」

「何をやっている！」

檻にしがみついて覗《のぞ》き込むと、羽は宦官《かんがん》の獣吏と談笑しているところだった。それだけならばいいが、傍《かたわ》らには猛獣の虎がいる。睨《にら》みを利《き》かす鋭い目は、狩人《かりゅうど》のものだ。隙《すき》を見せれば襲いかからんと言わんばかりの気配すら感じる。

「檻の中だぞ！　その少年は何者だ！」

「危ないですから、離れてください！　嚙《か》まれますよ！」

「ならば、早く出てきなさい！」

「私は獣吏の仕事がありますから！」

「では、私がそちらに行く」

「殿下、おやめください！」

浩文が檻の前に立ちはだかった。

「どけ。白虎宮の名物を間近で見るだけだ」

「いけません！　お怪我《けが》でもされたら……」

「それは無用の心配である」

虎の檻の中が危険なことくらい誰にでも分かる。しかし、事実として目の前の檻には虎の他に二人も人が入っているのだ。

鏡水は宦官の獣吏、宇苗を睨んだ。

「そこの獣吏、私に噛みつくものが、この中にいるのか？」

「……おりませんよ」

底意地の悪そうな笑みだった。

腹の中に何を抱えているのか分からない者の表情だ。謀《はかりごと》を企《たくら》んでいるのか、あるいは何も考えていないただの変人なのか。

いずれにしても、すぐに分かることだろう。

内側から虎の檻が開けられた。

「殿下……」

浩文を手で制して檻の中へ足を踏み入れる。

寝そべる虎がちらりと無遠慮《ぶえんりょ》な視線を向けてきた。睨み返すと、何事もなかったのように虎は視線を戻す。動く気配はなさそうだった。

鏡水は真っ直ぐに羽のもとへと行き、その腕を摑《つか》んで引き寄せた。

「ちょっと、鏡水様!?」

怪我はなさそうだ。

ここまで虎が大人しいところを見ると、白虎宮の獣吏は相当優秀であるようだ。日頃から躾《しつけ》を怠《おこた》っていないということだろう。

しかし、仕事ぶりは評価できても看過できないことはある。

鏡水は宇苗に詰め寄った。

「白虎宮では来たばかりの獣吏を虎の檻に入れるのか？」

「あぁ、殿下……ご存じありませんか。獣吏の仕事はこういうものなのですよ。その侍女も獣吏なわけで――」

「私が入りたくて入ったんです！　それこそ無用の心配です！」

羽は鏡水の手を振り払った。

「なぜだ？　虎の檻だぞ？」

「そんなの、決まってるじゃないですか……」

檻の主が羽を見ている。喉《のど》を鳴らすその猛獣に羽はゆっくりと近づいていった。

「おい、何をしている」

次の瞬間、羽は虎に飛びついた。

「私は、この子をもふもふしたいんです！」

「なんだと⁉」

「虎は筋肉があるので触り心地は堅いし、毛も一本一本がしっかりしていて、全体的にごわごわしているんですけど、だからこそ他の獣にはない魅力がありますし、ここまでがっしりしているのは日頃ちゃんと育てられているからでもあるんですよ。見てください、体は堅いですが、この頬！　柔らかくて――」

羽の熱弁は途中から耳に入ってこなかった。

こんな強面《こわもて》の猛獣のどこが良いのだ……？

鏡水は目の前の光景を理解できなかった。鸞宮にいる神獣に心酔している姿は嘘だというのか？　抱きついて寝てしまうほど気に入っていたではないか。虎ほどではないということか？　いや、違う……この娘はただただ獣が好きなだけだ。だからこそ獣吏という身分に満足している。獣吏を辞めて侍女になるつもりはないというのが、本心であることが否応《いやおう》なく感じられてしまう。なんということだ。この娘は獣にしか興味がないのか。

「わ、私だって、鸞宮に来れば……鸞宮に……」

「殿下、おやめください……」

「――――だけではなくてですね。もちろん、仕事だってしてますよ？　白虎宮の人に聞きたいことがあるので、まずは郷に入《い》っては郷に従うべきかと思いまして」

「聞きたいこと？　なんだい？」

冷静になった羽の言葉に宇苗が応じる。

「雪楼様と戯《たわむ》れていた猫について。まず、宇苗から話を聞きたくて」

「ああ！　なるほどね。そういうことなら簡単だ。答えよう。雪楼妃が訪問されたあの日、その場にいた獣吏は僕だしね」

なっ……と目を見開いた鏡水と浩文に対し、羽はまったく動じなかった。

「やっぱり宇苗だったんだ」

「あー、気づいてたんだ？」

「獣との接吻《せっぷん》は禁忌《きんき》なんでしょ？　だったら、普通は貴妃に接吻なんて促せない。そんなことができるのは、虎の檻の中でくつろげる人くらいだと思って」

「半分正解、半分はずれ」

「半分……か。たしかに、違和感は残ってる。食事の後の口周りが汚れた猫と雪楼様が接吻するとは思えないし」

猫自身の性格にもよるが、食事の後の猫は口周りを自分で舐《な》め取ってきれいにするものだ。それでも鏡で見てやるわけではないから完全にきれいとは言えない。人が間近で見れば気づくくらいの汚れはあってもおかしくないはずだ。

「君は優秀な獣吏だと思ったんだけど、買いかぶりすぎだったかな？」

「私、おかしなこと言ってる？」

「何度も丹念に水で洗い流さなければ、食中毒の危険は変わらず残る。汚れが目立たない程度に軽く拭《ぬぐ》っただけじゃだめなんだ。獣吏なら当然、知ってるよね？」

「もちろん。つまり、猫の口周りはきれいだったってことかな。だから、雪楼様も接吻をしてしまった。じゃあ、今回の件には、汚れが目立たない程度に軽く拭った人がいるってことだよね。そしてそれは、宇苗じゃない」

「それで？」

「宇苗は見ていただけ」

正解とでも言うかのように宇苗はにこりと笑った。

秋鈴妃の侍女に聞き込みをしたとき、侍女たちは各々《おのおの》作業をしながらすぐに駆けつけられる場所にいたという。雪楼妃と秋鈴妃の茶会には猫がいたわけで、待機している人々の中に獣吏の宇苗がいたとしても不思議ではない。

「獣吏よ、犯人を知っているのか」

鏡水が問うと、宇苗は大仰な身振りで「残念ながら」と答える。

「しかし、僕の方はようやく腑《ふ》に落ちましたよ。お二人の目的は、犯人捜し……ということですね？」

「あ、いや、それは」

直接的に聞きすぎたか。

羽は思わぬ返しにうろたえてしまった。そのあからさまな様子を見せてしまえば、いくら否定しても無駄だろう。鏡水は羽の代わりに毅然《きぜん》とした態度で答える。

「そうだと言ったら？」

虎の檻には日差しが差し込んでいた。

いつの間にか時間は経ち、太陽は角度を付けて地上を見下ろしている。

宇苗は虎の餌《えさ》が入っていた空《から》の寸胴《ずんどう》を抱え上げると、笑顔で二人に向き直った。

「さあ、これで獣の世話は終わりです。白虎宮をご案内しますよ」

思わぬ反応に二人は呆気《あっけ》にとられた。

白虎宮の何者かを犯人扱いしていることが明らかになったのに、宇苗はまるで気にしていないようだった。非協力的な態度を取られても文句は言えなかったが、聞いていなかったかのように先導する。

二人は黙って宇苗の後についていくしかなかった。

虎の檻を後にする。

周囲を取り囲んでいた獣吏たちは、いつの間にか持ち場へと帰っていた。

白虎宮の正殿を目指して歩いていく。道を示すための敷石の多くには、ヒビが入っている。多くの人によって踏みしめられてきた証拠と言えるだろう。愛《め》でる草木も花もない。代わりにあるのは大勢の人と獣だ。玄武宮に比べて人が多いだけのことはある。

正殿に入るとカビ臭《くさ》いにおいが鼻を突いた。

羽は横目で鏡水を見てみたが、どうやらカビ臭いにおいには気づいていないらしい。あるいは、気づいていても気にならないのか。

カビと埃《ほこり》のにおい。そこに人のにおいが混じる。

それだけで人を持てあましていることが分かってしまう。正殿は玄武宮に比べれば広いが、女官の勤勉さと清潔さでは劣っているようだ。

壁と床の境などは、光に当たると掃き残しがはっきりと分かる。玄武宮女官長の可妍が見れば激怒するだろう。どこかにネズミが潜んでいるかもしれない。もっとも、猫がいるのであえてそうしているのかもしれないが。

「これから女官のいる場所に行きます。正確には侍女になるんですかね。ま、どっちでもいいんですけど」

案内をする宇苗は飄《ひょう》々《ひょう》としている。足取りは弾むようで、まるでイタズラでも企んでいる子どものように見えた。

「あれの会話を盗み聞きするの、すっごい楽しいんですよ」

宇苗は日頃の行いを隠すことなく口にした。

それを咎《とが》めるわけでもなく、鏡水は純粋な疑問を投げる。

「一体、何を考えている？　白虎宮に仕える者同士であれば、味方ではないのか」

「僕は獣の味方です。獣吏ですから」

「……食えぬやつめ」

それ以上は追及しなかった。

羽は鏡水の困惑するような顔を初めて見たような気がした。

宇苗の真意は分からない。口ぶりも飄々としていてどこか嘘くさいが、獣に心酔しているという言動に偽りがないことは分かっている。檻の中で虎と過ごす姿を見れば、獣を友と認めている者のそれに違いない。

宦官《かんがん》でありながら獣吏になるような変わり者だ。よほど獣が好きでなければ務まらないことは確かだろう。

「さあ、ここです。ここはいつも侍女たちが――」

「却下です！」

部屋の中から大声が聞こえてきた。

宇苗が息を潜めて口を閉ざすと、羽と鏡水も倣《なら》う。わずかに開いている扉の横で、三人は侍女たちの会話に耳をすませた。部屋の中では、四人の侍女《じじょ》が話し合っているようだ。

「虎の演舞など、所詮《しょせん》は獣の戯れではありませんか」

「それでも……まずは白虎宮に足を運んでいただかないと」

「私も賛成です。虎は白虎宮の名物ですし。高流帝《こうりゅう》も大いに期待しているかと」

「秋鈴様が貴妃になられてから、高流帝が白虎宮を訪れたのは、たったの二回。このままでは、我らが白虎宮の地位は……」

どうやら侍女たちは高流帝を白虎宮に招くための催《もよお》しを考えているらしかった。

侍女の提案に侍女頭が反対しているらしい。

三人がかりで説得しているが、それでも侍女頭は静かな声に怒りを込めた。

「……虎の演舞で高流帝が白虎宮に通うようになると?」

さすがの侍女たちも反論ができないようだった。

「ただでさえ、秋鈴様は子どもを産めるようなお歳《とし》ではないのです。かと言って黙って大人になるのを待っているのでは、白虎宮だけ遅れをとってしまいます。こうしている間にも他の貴妃は変わらずご寵愛を受けていることでしょう。この差を早急に埋めなければいけないのに、虎の演舞など
……もっと知恵を絞《しぼ》りなさい！」

「そんなこと言われても、無理ですよぅ……」

「まだ幼い秋鈴様が陛下を魅了することなんて……」

「……猫は、いかがでしょうか」

「猫？」

「ええ。猫を愛でながら和《なご》やかにお話しするのです。幼いとはいえ秋鈴様だって女性です。触れ合っていれば、高流帝もお気持ちを変えるはず……。まずは、お二人の距離を縮めるところから考えてみませんか」

「……ふむ。虎の演舞より、ずっと良いわね」

――――カタン。

「誰？」

部屋の外で物音がした。侍女たちは会話を中断し、焦ったように扉に注目する。わずかに開いた扉を見て、いつもの癖《くせ》で閉め忘れていたことを侍女頭は後悔《こうかい》した。まさか盗み聞きをするような輩《やから》がいるとは思わなかったのである。

部屋の外で影が動く。

そっと姿を見せたのは、他でもない――――白虎宮の貴妃、秋鈴妃だった。

「お邪魔だったかな……」

「ち、秋鈴様！」

申し訳なさそうに顔を伏せている様子は、おてんば姫には似合わない。

「まあっ、どうされました？」

「私がお外で遊びましょうか」

「そうだ、玄武宮から貰《もら》ったおやつがありますよ！」

そんな慌てたような声が遠くで聞こえている。

羽と鏡水と宇苗の三人は、正殿の外に出ていた。

白虎宮の事情を知るには十分な会話だったと言えるだろう。

鏡水は沈痛な面持《おもも》ちで正殿に背を向けていた。

「侍女たちが、父上……高流帝に働きかけようとしていることを秋鈴妃は気づいているのか？」

「知っているでしょうねぇ。人の口に戸は立てられませんから」

「そうか。それは……悪いことをした」

謝るべき相手が目の前にいないまま、鏡水はひとり言のように呟《つぶや》いた。

「あまり後宮を刺激するのはよくないな。私は帰るよ」

その言葉を聞いて羽はほっとする。

「そのまま侍女の話もなしにして頂けると――」

「それは嫌だ」

即答だった。

「い、嫌とかではなく……」

伝えるだけならばその場で言えばいいのに無闇矢鱈《むやみやたら》に距離を詰めてくる。そうすれば女は誰でも喜ぶと思っているのだろうか。息がかかるような距離で「嫌だ」と子どものわがままのようなことを言う。その目はいつもと違って寂しそうだった。

「君は君の仕事に励《はげ》んでくれ」

鏡水は従者の浩文と合流して白虎宮を去っていく。皇太子の気まぐれは、唐突《とうとつ》に終わってしまった。侍女の話がいつまでも終わらないのは、彼にとって気まぐれではないからということだろう。

まったく……どうして獣吏のような下女に付き纏《まと》うのか……。

「……白虎宮の獣を見せてもらおっかな」

残された宇苗に言う。獣と戯《たわむ》れでもしなければ、やっていられない気分だった。

「はいはい。案内するよ」

「待って！」

移動しようとしていた二人は幼い声に呼び止められた。

見れば秋鈴妃が正殿から走ってきている。

「あたしも行く！」

「行くって……」

「盗み聞きしてたこと黙っててあげるから、ね！」

そのしたたかさに羽は苦笑するほかなかった。

秋鈴妃という人は、見た目の印象よりもよっぽど賢いのかもしれない。

［二］皇帝の真意

里に隠し事はない。

大人たちがそう言うときは、たいてい子どもに対して何かを隠したいときだった。

いつも森で遊んでいる猪の子が情緒《じょうちょ》不安定に暴れていたことがあった。羽《ユウ》がどれだけなだめようとしても悲痛な鳴き声を上げ続ける。いつもなら親の猪が近くにいるので、これだけ鳴けば駆けつけてくれるはずなのだが一向にやってこない。

猪の子が一日中鳴き続けたおかげで、羽もなだめるのに必死で遊ぶどころではなかった。

獣たちが森の奥に帰っていくと、猪の子は他の兄弟と合流したが、ついに親の猪を見ることはなかった。

その日、里の各家に猪肉が供《きょう》された。

里には不必要な狩猟は行わないという決まりがある。森で獣たちと生きている里なので、狩猟の前には十分に会議を重ね、里の者に伝えてから特別な行事として狩猟を行うことになっていた。その時に戴《いただ》く命は干し肉になり、長い時間をかけて里の人が生きながらえる血肉となっていくのだった。

その年は不作だったので、食料を狩猟に頼りすぎていた。従って来る冬が明けるまでは狩猟を行わないと決めていた年だったのだ。

夕餉《ゆうげ》に出された猪肉の山菜汁は干し肉を戻したものだと言われたが、子どもの羽にだってそれが嘘であることくらい分かる。食感もにおいも味も鮮度も違うのだ。それは干し肉ではない。子どもの羽に分かるのだから、分からない大人はいなかっただろう。

嘘をついているじゃないかと詰問《きつもん》することもできただろうが、羽はそうしなかった。黙って夕餉を食べ、翌日は森に入らず里で過ごした。大人たちは何食わぬ顔で田畑を耕し、衣服を織り、干し肉を作っていた。

里の決まり事を無視してでも狩猟をしなければ食べるものはなく、いつも通りの生活ができなくなっていた時期だった。

その嘘は里の者たちを助け、心配させないための嘘だった。

しかし、羽はその優しさを理解したから黙っていたのではない。子どもの羽には優しい嘘を与えられたときにどうすればいいのか分からなかったのだ。

それは、里の大人たちが教えてくれなかったこと。

森を抜け出した今でも、その答えは分からない。

「こっちが、お母さん？」

秋鈴妃《チユウリン》は芝生《しばふ》で腹ばいになって犬と顔を合わせていた。

京巴《ジンパー》と呼ばれている犬種だ。垂れた耳と長い体毛が特徴的な種類で、脚は短くどっしりとしている。抜け毛が多いので、梳《す》いてあげることはもちろん、日々の掃除《そうじ》は個体が増えれば増えるほど大変になる。

「そうです。こちらが母犬です」

獣について聞かれるのが嬉しいのか、宇苗《ユーミャオ》はにこにことしている。

「子犬と毛の色が違うのね」

「よく気づきましたね。母犬は白色ですが、子犬は黒や茶が混じります。犬の場合は、必ずしも親と同じ毛色になるとは限らないのですよ」

「変なの」

秋鈴妃が撫《な》でようとして手を伸ばすと、犬たちはふいっと顔を引いてしまった。

「犬は賢い獣です。変、と言われたのが気に食わなかったのでしょう」

「ええっ、ごめんなさい。触らせてよぉ」

さらに手を伸ばすと犬は背を向けてしまう。

待って、と秋鈴妃は逃げる犬を追いかけていってしまった。

その光景を見て羽は苦笑した。こうして猫も玄武宮《げんぶきゅう》に迷いこんでしまったのだろう。たしかに秋鈴妃は年齢のわりに賢いかもしれないが、明明《メイメイ》が口にしていた偵察をするような賢《さか》しさはないように思えた。

「犬のお世話も大変そうだね」

「いや、犬は楽なほうだよ。基本は放し飼いだ。掃除の邪魔をされることもないし、呼べば大人しくやってくる」

「おいで」

試しに呼んでみると、尻尾《しっぽ》を振りながらやってきた。

本当に来た……！　三匹も！

羽はしゃがんで受け入れる体勢をとる。

「さあ、こっちだ」

宇苗が言うと、犬たちは羽の前で止まり、ちらちらと視線を向けながら宇苗に飛びついた。

「ちょっと！」

「みんな、ただいま」

「おかえりのモフ……！」

せめて一匹くらいこっちに……。

忠誠心に厚い犬たちだった。一度飛びつけば、ちらりとも羽の方を見なかった。犬たちの馴《な》れた様子を見ると、宇苗はずいぶん慕《した》われているようだ。

破顔《はがん》する宇苗の姿は、人に見せるものと獣に見せるものとでは差があった。

「宇苗は獣が好きなんだね」

「そうでもなきゃ獣吏《じゅうり》になんかならない。ただでさえ宦官《かんがん》の獣吏は疎《うと》まれるものなんだ」

「人に嫌われても獣に好かれればいいってこと？」

「君は極端なやつだな。間違ってないけど」

獣の味方を自称するだけのことはある。

「ねぇ！」

秋鈴妃が呼んでいた。

しゃがみ込んで獣とにらめっこをしている。

「この子はなんていう獣なの？」

「それはハクビシンですね」

宇苗がにこやかに答える。

「ハクビシンね」

全体が細くなったタヌキのような見た目をした獣だ。すらっとした胴体はイタチやテンにも似ている。鼻先から額まで白い筋のように毛が生えているのが特徴で、それが見分け方にもなっている。

ハクビシンの鼻先が秋鈴妃に触れた。好奇心旺盛《おうせい》らしく、くりくりとした瞳が興味深そうに見上げている。そうこうしているうちに何匹も集まってきた。

そのうちの一匹が、膝をついた羽の体をよじ登っていた。

「わあ、よく慣れてるね。飼い馴らしづらいのに」

「獣吏が優秀だからね。僕とか」

「自信家なんだ」

「そういうわけではない。他の凡庸《ぼんよう》な獣吏と一緒にしてほしくないだけさ」

「凡庸って」

「思わないかい？　君だって優秀な方だろう」

「んー、あんまりそういうふうに考えたことはないかな。私は獣のお世話ができれば十分だし、人と比べようとは思わないかも」

「やっぱり凡庸ではなさそうだな。出世だとか待遇改善だとか、寝ぼけたことを言う獣吏とは違う」

白虎宮《びゃっこきゅう》にも現状に満足していない獣吏は多そうだ。

それから、しばらく宇苗の案内で白虎宮の獣を見て回った。

ほとんど秋鈴妃が気の向くままに動き回る後をついていく流れだったけれど。それだけでも十分に白虎宮の獣や獣吏の働きぶりは見て回れた。

獣吏たちは知識もあって思っていたよりも仕事ができた。それは弱肉強食の白虎宮の中、虐《しいた》げられている獣吏であっても同じだった。人間関係は殺伐《さつばつ》としているようだったが、獣たちはどこ吹く風でのびのびとしている。恐らく獣吏たちは、人に当たり散らかしても獣に当たることはないのだろう。

結局、隅から隅まで事件の情報収集をしてしまった。ぎすぎすした空気がなければ、獣と戯れたかったのだけれど、あまりそんな余裕もなかった。

走り回ったせいで秋鈴妃は疲れてしまったようだ。

木陰の芝生に寝転んでしまった。

「秋鈴妃、お召し物が……」

羽が指摘する。秋鈴妃は目を閉じたまま、のんびりとあくびをした。猫が傍《かたわ》らに寄り添って一緒にうとうとしている。

「気にしなーい」

この自由さでは、侍女《じじょ》が苦労しそうだ。

「あ、そうだ。鏡水《ジンシュイ》様は？　もう帰ったの？」

「ええ、帰りましたよ」

「そっか。お話ししてみたかったのになぁ」

「またいつでも会えますから」

「でも……鏡水様って、呪いでもうすぐ死んじゃうんでしょ？」

その言葉は無邪気に羽の耳を叩いた。

自分の心臓の音がはっきりとうるさく聞こえる。

どうして思いつかなかったのだろう。誰かを貶《おとし》めるためにかけられた呪いが、ちょっと嫌がらせをするくらいで済むはずがないのだ。命を奪うことくらい、呪いをかける動機を思えば躊躇《ちゅうちょ》なく行われたっておかしくはない。

死ぬなんて言われなかった。誰も言っていなかった。しかしそれは、誰もが羽を心配してのことだったのだろう。秋鈴妃は幼いが故にそこまでの気づかいができなかっただけのことだ。無垢《むく》な彼女は言葉を続ける。

「だから新しい世継ぎが必要なんでしょ？　侍女たちが言ってたよ。まだ世継ぎ争いは終わってないんだって。違うの？」

ふっ、と笑ったような声が、羽の後ろで聞こえた。

「鏡水様が、死ぬ？」

振り返れないまま羽は独り言のように口にする。

声に出してみても、それはあまりにも嘘くさい話に聞こえてしまう。

「君は侍女なのに知らないのかい？」

「だって、呪いのことなんて聞けなくて」

宇苗は驚きもせず、さも常識であるかのように言った。

知るわけがない。呪いで死ぬなんて。

「後宮では有名な話だよ。心痛の極《きわ》みだよね……」

「あんなに元気そうなのに」

「そこが呪いの怖いところさ。病と違って目に見えにくい」

「鏡水様はそんなこと、ひと言も……」

あの人が他人を心配させるようなことを自ら言うだろうか。きっと嘘を吐いてでもごまかそうとするような人だ。多少強引に見える勧誘も死期が近いのだとすれば合点《がてん》がいく。

「信じたくない？」

「……でも、やっぱり本人から聞いたわけじゃないし」

「そうかい？　じゃあ、跡目争いが絶えないのはなぜだ？　皇太子殿下が今後もご壮健であられるなら、こんなに急ぐことはないだろう。呪いの話が真実であるからこそ、どの貴妃《きひ》もつけいる隙《すき》を狙ってるんだよ」

何かが変だと思った。

あの皇太子がわざわざ人を心配させるようなことを触れ回るだろうか？

自ら呪われてしまったなどと言うわけがない。だとしたら、誰が言い出したのか。

「……いや、真実じゃなくてもいいんだ。呪いの噂《うわさ》があるだけで、つけいる隙があると思う人は多いはず」

「つまり、君は呪いが嘘だと言いたいのかい？」

「そうじゃないけど」

呪いがあることは事実だ。本人が言っていたのだから。しかし、その詳細については分からない。

自分から言い出さないのをいいことに、呪いをかけた者が好き勝手に触れ回ることだってできるはず。

「何が起きてるんだろう」

「やっぱり、君は優秀な獣吏だな」

「え？」

「後宮には謎も秘密も多いからね。好奇心もいいけど、あまり踏み込みすぎると、君自身が獣の餌《えさ》にされてしまう」

「獣の餌って……」

「冗談だと思うかい？　人に呪いをかけるようなやつがいるんだ。獣の血肉になれるだけマシだと思えるくらいの仕打ちだって辞さないだろうね」

「宇苗は、それを止めたいってこと？」

宦官の獣吏は、ぷはっ、と噴き出した。

「まさか。獣吏一人がどうこうできる問題じゃないだろう？　僕はあくまでも傍観者《ぼうかんしゃ》。今後、後宮がどうなっていくのか楽しみで仕方ないよ」

「……それは、良い方と悪い方、どっちになればいいと思ってる？」

「もちろん、平和が一番さ」

腹の底を隠すような笑顔を浮かべながら言った。

人の嘘を見抜くのは得意な方だが、宇苗がどちらなのか、ここまで淀《よど》みなく言われてしまうと羽にはもう分からなかった。

「ま、そういうわけで後宮は大変なところなのさ。地位が低くなればなるほど生きづらくなるのは目に見えている。他の宮殿が躍起《やっき》になっているのに、手をこまねいて見ていられるほどの余裕はどこの宮殿にもない。本当に獣吏でよかったと思うよ。みんな大変そうだからね」

「だから、白虎宮も急いで……」

言いかけて羽は口をつぐんだ。

秋鈴妃の寂しそうな背中が視界に入る。彼女に撫《な》でられている猫が、心配するように上目遣いで鳴いていた。

「ご、ごめんなさい！　こんなところで話すことじゃありませんでした」

「いいの。侍女たちもよく話してるし」

「そんな……」

「目の前で喋《しゃべ》ってくれた方がいいの」

振り向いた秋鈴妃は無邪気な子どもの笑みを浮かべていた。

はっ、としてしまう。

自分よりも年若い少女に気を遣わせてしまった。

これでは、里の大人たちと変わらないではないか。

「……本当にすみません」

わなかった。

宇苗がわざとらしく声を上げた。

重い空気を払拭《ふっしょく》してくれようとしているのかもしれない。宇苗にこんな気遣いができるとは思
「感想を聞かせてくれないか。どうだった？　白虎宮の獣たちと過ごしてみた感想は？」

「思ってたよりも……しっかり躾《しつ》けられてた」

「……は？」

初めて聞く宇苗の冷えたような声だった。

「それ、僕の手腕を侮《あなど》ってるってこと？」

引きつった笑顔が羽を見ている。

「だって、雪楼《シュエロウ》様の事件があったから。獣吏に落ち度があるのは間違いないと思ってた」

「ああ、そう。で、今はどう思ってるわけ？」

「白虎宮の獣吏も当然、獣を扱う術《すべ》は知っているし、食中毒の知識だってあるはず」

「当たり前じゃないか」

「だから、偶然じゃなくて故意の可能性が高くなった」

「へー。じゃあ、白虎宮の獣吏が故意に雪楼妃を害そうとしたんだねー？」

「……そこ、なんだよね」

最初は白虎宮の獣吏に獣の知識がなく、偶発的に食中毒を引き起こしてしまったのではないかと思った。いや、そうであればいいと願っていた。しかし、白虎宮の獣吏たちは宇苗を筆頭に誰もが豊富な知識を持っていた。それは、のびのびと育てられている獣たちを見れば一目瞭然だった。だから、故意の可能性は高くなった。当然、知識を持っている獣吏を真っ先に疑うべきなのだろうが……。

「これだけ獣としっかり向き合っている獣吏が、大切な獣を犯行に使うかな？」

反論はなかった。

目を見開いた宇苗は二の句を継げず、呆然《ぼうぜん》と立ち尽くしている。

「ねぇ」

秋鈴妃が羽の袖《そで》を引っ張った。

「どうされました？」

「雪楼様の事件って何……？」

「……え？　ご存じないのですか？」

これだけ噂の広まりが早い後宮で、皇太子殿下の呪いの話は伝わっているというのに、雪楼妃が倒れたという事件は伝わっていない……？

「秋鈴様！」

侍女が駆け寄ってきた。

以前、芽萌《ヤームオン》に案内されて聞き込みをした婉雅《ワンヤー》という侍女だ。

「探しましたよ、こんなところに――」

秋鈴妃の姿を見た婉雅は悲鳴を上げた。

青ざめた顔で、秋鈴妃が抱えている猫を取り上げる。

「な、なんてことを！　病気になってしまいます！　あなたたちも獣吏でしょう！　なぜ注意しないのですか！　秋鈴妃は白虎宮の大切な貴妃なのですよ！」

「ご、ごめんなさい！」

羽は慌てて頭を下げた。過保護……などとは間違っても口にできない。

「秋鈴様。獣と戯《たわむ》れるのは、どうかお控えください」

「はぁい」

「……さぁ、戻りましょう」

婉雅に連れられて秋鈴妃は正殿に向かって歩いていった。芝に放された猫や犬を名残惜《なごり》しそうに振り返りながら。

貴妃というものは宮殿の主であると同時に、自由を代償に地位に縛《しば》られてしまう人物でもある。幼くして貴妃となった秋鈴妃が、外の世界を知ることはないのだろう。

「今の人、婉雅……だよね。すごい剣幕だった」

「ああ。お目付役《めつけやく》の侍女ってやつさ。秋鈴妃はまだ幼いからね」

「お目付役だったんだ……ん？」

「何か気づいたのかい？」

「追いかける」

「そうか。君は本当に優秀……いや、変わった獣吏だよ。君のおかげで何かが変わるかもしれないね」

「私は与えられた仕事を全《まっと》うするだけだから」

「誰にでもできることじゃない。僕は仕事に戻るよ。何かあったら声を掛けてくれ」

宇苗は言い残して宿舎に戻っていく。宇苗が考えていることも気になるし、呪いの件も気になるけど……今は雪楼妃の事件だ。仕事優先。獣と戯れるのは、やらなきゃいけないことを片付けてから。


羽は決意を新たにして正殿へと走った。


婉雅は秋鈴妃を連れて正殿を歩いていた。

秋鈴妃から取り上げた猫はさっさと放してしまいたいが、この猫はずいぶん秋鈴妃に馴《な》れている様子。下手《へた》に自由にさせてしまえば、自らの足で秋鈴妃の寝所を訪れかねない獣だ。秋鈴妃を無事に送り届けた後、正殿から離れたところで放してしまおう。

「あら、婉雅。それに秋鈴様」

侍女頭《じじょがしら》の珊娜《シャンナ》だった。

彼女はいつも温厚な人だが、秋鈴妃のことになると感情的になる。秋鈴妃を娘のように大事にしている人だ。

「ちょうどよかったわ。猫を探しているところだったのです」

「えっ……なぜです？」

「後で詳しく説明しますが、高流帝《こうりゅう》をお呼びして猫を愛《め》でていただこうと思っていたのです」

高流帝をお呼びして猫を愛でる……？

あの病弱な皇帝を獣と触れ合わせるつもりか？

「ダメです！」

婉雅は咄嗟《とっさ》に否定すると、自分が思っていたよりも大きな声が出てしまった。

「な、なぜです？」

「あ、いや、その……」

怒鳴るつもりはなかったので焦ってしまう。

「病弱な高流帝に、け、獣を近づけるなんて……」

「獣といっても、猫ですよ？　蛇や猛獣の類《たぐい》ではないのですから……」

「猫だって毒を持つことがあります！」

「……わ、わかりました。あなたがそこまで言うなら、再考しましょう……」

「猫は私が放してきます。秋鈴様をお願いします」

「はあ」

危なかった。

婉雅は歩きながらほっと胸をなで下ろした。獣の持つ毒を侮ってはいけない。健康な者でも毒によって体調を崩してしまうのだから、高流帝のような病弱な人に近づければ、たちまち毒が体中に回ってしまうに違いない。

この猫も早く放してしまう。いっそのこと、処分してしまった方がいいのかもしれない。

ああ、どうして獣なんてものを飼っているのだろう。すべての獣を処分するのは無理でも、数を減らすことくらいはしてもいいのではないか。提言してみようか。獣吏は反対するだろうが、最底辺の身分が何を言おうが誰も聞く耳など持たないだろう。

知らず早足になっていて呼吸が荒かった。

「ちょっといいですか?」

いつの間にか、目の前に人が立っていた。

「ああ……あなたは玄武宮の羽でしたか。どうされましたか?」

「教えてほしいことがありまして。ちょっとだけ、お時間もらえますか?」

この前の聞き込みの続きだろうか。

人目のないところで一対一、身分はこちらが上。

無下《むげ》にしてもいいのかもしれないが、聞き込みの続きだとすれば雪楼妃が関わっていてもおかしくはない。

思考の挙げ句、婉雅は笑みを浮かべた。

「もちろんです。中庭でお話ししましょう」

そのとき、自分の額に汗が浮かんでいたことに婉雅は気づいていなかった。


羽は侍女の婉雅と並んで葛石《かずらいし》に座った。

眼前には芝の生い茂る庭が広がっている。放された猫がひなたに寝転んで毛繕《けづくろ》いをしている。涼やかな風がよく通り、気持ちのいい場所だ。

「秋鈴妃のこと、大切にしているんですね」

話を切り出したのは羽からだった。

「当然ではありませんか。我々の貴妃ですよ」

「だとしても、です」

「若い女官にとっては妹のように、侍女頭は娘のように思っているはずです」

「あなたもですか？」

「はい。少々、元気が良すぎるところもありますが……無邪気で良い子です」

「私もすっかり振り回されてしまいました」

「……我々の主は、まだ子どもなのです」

お世辞《せじ》を言う必要はないだろう。

一日過ごしてみて、秋鈴妃が子どもであることは分かっている。聞いたところで弱みになるから教えてはくれないだろうが、恐らく年もまだ十歳くらいだ。

「子どもには重いですね。後宮の事情というものは」

「……ええ。私には分かりませんよ。なぜ高流帝が幼い秋鈴様を貴妃に据えたのか。いたずらや気まぐれで物事を決める御方ではないはずなのに……私には、皇帝の真意がまったく分かりません」

「高流帝は学を重視する人だと聞きました。きっと、意味のないことはしないでしょう」

そう言うと、婉雅は訝《いぶか》しむような目をした。

「世間話をしに来たわけではないのでしょう？」

「……そうですね。この前の聞き込みの続きをさせてください」

「どうぞ。あまり新しいことを話せるとは思えませんが」

「雪楼様が食中毒になった件なんですけど、秋鈴妃は何もご存じない？」

「それは、秋鈴様を疑っているのですか？」

「疑ってませんよ。ただ、秋鈴妃に関しては悪い噂《うわさ》も多いじゃないですか」

「あれは他の宮殿の者が勝手に言っているだけです！　あなただって秋鈴様とお話ししたのなら分かるでしょう！」

無垢《むく》で無邪気なまだ年若い貴妃。

奸計《かんけい》をめぐらせて他の貴妃を貶《おとし》めるという噂とは違う印象を受ける人物だった。

「お伝えしないんですか？　お茶会がきっかけで雪楼様が食中毒になったと」

「……秋鈴様がお辛《つら》くなるだけですから」

なるほど、筋は通る。

あまりいいやり方ではないが、遠回しに聞くのはやめにしよう。犯人を見つけるということは、誰かを悪者なのだと糾弾《きゅうだん》することだ。争いを避けて通ることはできないのだから。

「そっか……じゃあ、雪楼様に猫との接吻《せっぷん》を促したのは、秋鈴妃なのか……」

羽は独り言のように呟《つぶや》いた。

その瞬間、空気がひりついた。隣に座る婉雅が愛想も遠慮《えんりょ》もない形相《ぎょうそう》で睨《にら》んでくる。息づかいはどんどん荒くなり、抑えられない怒りがこみ上げているのが傍目《はため》から見ても分かった。もう一押しだろう。羽はたたみかけるように独り言を続ける。

「秋鈴妃に悪意はなかったからこそ……起こったことを伝えられない。だとしたら、雪楼様が事件を深掘りするなと仰《おつしや》るのも納得ですね……」

「言っていいことと悪いことがありますよ！」

婉雅が勢いよく立ち上がった。拳を握りしめて、座る羽を見下ろす。

「では、事実は違うと？」

意表を衝《つ》かれたのか、うっ、と言葉に詰まる。

この反応を見るに、想像していることは概《おおむ》ね間違っていないだろう。この人は事件の真相を知っている。

羽は立ち上がった。

「よくわかりました。先ほど偶然聞いてしまったのですが、高流帝を呼ぶために猫を使うのはどうか……と、侍女頭たちが話していました。おかしいですよね。雪楼様の事件があったばかりなのに」

「…………」

「白虎宮の侍女たちは、雪楼様が何を原因に食中毒になったのか知らない様子でした。そうですよね、猫との接吻が原因なんて、知識のある者でなければ想像もできません。仮にですが……接吻を促したのが秋鈴妃だとして、事前に猫に食事をさせ、状況を整えたのは、あなたなのではありませんか？」

本当は獣吏の分際でここまでする必要はないのかもしれない。

真相を明らかにしろと言われただけなのだから、証拠を集めるだけ集めて糾弾するのは然《しか》るべき人に任せてしまえばいいだろう。

しかし、そうするべきではないような気がした。

このまま真相を伝えて終わらせてしまったら、猫や獣がただ危険なものであるという認識が後宮に広がってしまうだろう。そうならないようにできることをやる。

犯人や真相なんて最悪、どうだっていい。問題は明らかにした、その後。

白虎宮で大切にされている獣たちのために。

「私が犯人だという証拠はあるのですか？」

「見せてほしいと言うのなら、集めることはできますよ」

「ああ、ないのですか。でしたら、どうぞ。できるものならやってみてください」

「わかりました。大勢の人に証拠探しを手伝ってもらいます。大事になるでしょうし、獣を巻き込むことになるので、本当はあまりやりたくないのですが。この際、仕方がありませんね」

「……何が言いたいのですか？」

「大事になった挙げ句、犯人が見つかり真相は明らかになります。その結果、犯人だけでなく白虎宮や秋鈴妃も処罰されるでしょうね」

婉雅は息を呑《の》んだ。

過呼吸気味に息を吸う音が聞こえる。焦っているのは明らかだった。

言うだけのことは言った。あとは選択を委《ゆだ》ねるのみ。

「では、私はこれで」

「ち、ちょっと待って！」

羽は一度背を向けたが、振り返って言葉を待った。

やがて、婉雅は絞《しぼ》り出すように決定的な言葉を口にする。

「……やりました、私が……」

「やっぱり、そうだったんですね」

「想像の通りです。猫には私が餌《えさ》を与えましたし、口周りを軽く拭《ぬぐ》ったのも私です」

「どこでその知識を？」

「獣吏に注意されたのです。猫との接吻が禁忌《きんき》とされているのは、恐らく昔の獣吏が毒の脅威《きょうい》を避けるために流した方便だろう、と。私はその知識を悪用しました」

そうだとすれば、その注意をしたというのが宇苗だろう。宇苗が本当に毒を警戒してもらうために教えたのかどうかは分からないけれど。さすがに疑いすぎだろうか。

「どうして雪楼様を貶めるようなことを？」

「まだ幼く子を生《な》せない秋鈴様は、皇帝のご寵愛《ちょうあい》を受けられません。他の侍女たちが考えている策では手ぬるくていけません。事実、今日まで秋鈴様はほとんど見向きもされないではありませんか。だから、よその貴妃を出し抜くためには、こうするしか……！」

「他の貴妃を貶めようとするほどに秋鈴妃の悪評が増えていきます。本当に良いやり方だと思いますか？」

「そんなの、貶めようとしなくたって悪評は増えているじゃありませんか！　どうせ悪く言われるなら、本当にやってしまった方がいい。秋鈴様の成長を待っている間に他の貴妃の地位は上がっていくんです。正攻法では間に合わないんです！」

跡目争いの渦中《かちゅう》にありながら出発点にすら立てていないのだから焦る気持ちは理解できる。しかし、それでは皇太子に呪いをかけるのと同じだ。すべての宮殿が人を害するやり方に頼るなら、最終的には誰も残らない。

すすり泣く婉雅は、焦りのあまりそんな簡単なことにすら気づかないのだろう。

「このままでは……白虎宮は終わってしまうんです」

「私は、そうは思いません」

「じゃあ、どうしろと！」

「秋鈴妃を貴妃に選んだのは、高流帝なのでしょう？　まだ子を生せないことも承知だったはず。きっと秋鈴妃に何かを期待しているんです。そしてそれは、他の貴妃を貶めることや誘惑することではない……」

「そ、そうかもしれませんが……何をできるというのですか、私たちに」

「大丈夫です。私に考えがあります」

羽は婉雅の前で胸を張った。

獣吏としての本当の仕事は、ここから始まる。

次なる目的のために羽は白虎宮を後にした。

やるべきことは、はっきりしている。

ただ、その方法は気が進まない。

後宮を歩く羽の足取りは重かった。

向かう先が玄武宮や獣吏の宿舎であれば心も弾むというものだが、よりにもよって鸞宮《らんきゅう》だ。その上、神獣《しんじゅう》の間に用があるわけでもない。

はぁ、と大きなため息を吐いた。

豪華絢爛《ごうかけんらん》な目の前の扉を開け放てば、どうなることか。

「どうぞ」

隣に立つ鏡水の従者、浩文《ハオウエン》に促されてしまう。後には退けない。

「失礼しま――」

「羽！」

扉を開けるなり皇太子が飛び出してきた。

まるで獣の子をあやすかのようにわしゃわしゃと髪を撫《な》でてくる。こうなることは予想していたが、予想を遥《はる》かに超える歓迎ぶりだった。

だから気が進まなかったのだ。

呪いで死ぬと聞いていつも通りでいられる自信はない。それでも、羽は皇太子の執務室に足を踏み入れるのだった。

浩文から羽が殿下に会いたがっていると言われた時は何事かと思った。

事件？

仕事？

いや、自ら会いたがっているということは、とうとうここまでの努力が結実したと考えるのが妥《だ》当《とう》だろう。羽を侍女《じじょ》にするためにずいぶん苦労してきた。皇太子になってからこれほど努力したことがあっただろうか。

今日は宴《うたげ》にしよう。

まずは心を許してくれた侍女を歓迎しなければ！

「よくぞ来てくれた！　自ら私のもとへ来てくれるとは！　やはり羽は聡い娘だ！」

「…………」

「とうとう私の侍女になろうというわけだ！　歓迎しようではないか！」

「……まあ、そうですね。考えておきます」

…………なんだ、これは？

わざわざ来てくれたのだから侍女になることを希望しているに違いないとは思ったが、これでは性格がまるで違う。頬《ほお》を染めて恥ずかしそうに目を逸《そ》らす様子は愛らしい。しかし、その姿は羽という少女に似合わない。

「ゆ、羽？　これはいったい何事だ……？　君は本当に羽なのか……？」

「なぜ疑うんですか！　本人です！」

「熱でもあるのか……？」

「ありませんよ。私の体調よりも……その、鏡水様の方は大丈夫なのですか」

「なんだ？　私は見ての通り、絶好調だが……」

「そうですか。なら……良かったです」

「いつもの羽じゃないぞ……」

違う、違うぞ。

これほど変わってしまっては、それはもう別人だ。

「それより、聞きたいことがあって来たのですが」

「……申してみよ」

「鏡水様のお父上――高流帝について」

羽の口から思わぬ人の名前が出てきて思考が冷えた。

「なぜ？」

「白虎宮の問題を解決したいです。高流帝をお呼びするために、好みや人となりが知りたくて……」

「ふむ……」

そんなことよりも、普段とは明らかに違う態度について聞きたいわけだが。

「教えてしんぜよう」

「本当ですか？　ありがとうございます！」

……素直だ。

まあ、いいか。たまにはこういう羽も悪くない。

「高流帝は病気がちな人でね。最近も病んだり治ったりを繰り返している。元気なときは後宮を出入りすることはもちろん、お気に入りの貴妃や侍女を連れて外を歩くこともあるわけだが」

「お城の外に出るんですか？」

「ああ、護衛付きでね。好奇心は人一倍旺盛《おうせい》な人だ」

「病弱で、行動的で、好色……」

「珍しいのはそれだけではない。君は高流帝にまつわる、とある言葉を知っているか？」

「とある言葉？」

――人は高きに歩き、水は低きに流れる。

「これが、高流帝の名を冠する由来になった言葉だ。人は何もしなければ水のように安易に低いところへ向かうものだが、人は常に高みを目指すべきである……と、まあ、こんな意味だろう。これは高流帝の信条でもある」

「……とすれば、いつも同じ後宮の歓迎では満足されないでしょうね」

「ああ。貴妃たちも高流帝に会うたびに身だしなみを変え、常に美しくあろうとしている。だが、そういったものは、貴妃という人の魅力の一つに過ぎないのだ」

幼少期を思い出す。

あの頃、高流帝は病とも無縁で、まだ何も知らない子どものの皇太子を連れて色んな場所を歩いたものだ。日々を生きる人々の営《いとな》みを前にして、高流帝は教えてくれた。

「美しさそのものよりも、そうあろうとする努力が尊《とうと》いのだ。そんな言葉を、幼い頃から何度も聞かされたよ。高流帝は麗《うるわ》しいだけの淑女《しゅくじょ》よりも、学のある者が好きなのだ。外面だけが美しさではないということだな」

鏡水は羽に歩み寄った。

美しい目を持つ獣吏の少女。

人々に恐れられる神獣にも物怖《ものお》じしない度胸を持ち、あらゆる獣を手懐けてみせる並外れた知識を持ち、知識を活《い》かすだけの才気煥発《さいきかんぱつ》な思考力と発想力まで持ち合わせている。

お互いの身分も忘れて試したくなるような相手だ。

「君はどうだろうな」

指先でほのかに赤くなった頬に触れる。

その瞬間、羽の首から上は真っ赤になった。

「下女の私には関係ありません！　情報ありがとうございました！」

羽は早口で言うと、逃げるように執務室を出ていってしまった。

一人、取り残されてしまう。

またうまくいかなかったというのに、心底安心してしまった。

「いつもどおりの羽ではないか」

今はまだ、これでいい。


はぁ、はぁ、はぁ……。

久しぶりに全力で走ってしまった。

鸞宮から白虎宮まで止まることなく全速力。周りから白い目を向けられていたような気もしたけれど、そんなこと気にしている余裕がないくらい全身が熱かった。

普段はこれくらいで息が上がることなんてないのに。

全身に風を感じると、森の中で遊んでいたときのことを思い出してしまう。恋しくないと言えば嘘になるが、今の自分にはやることがある。

「……よし。がんばろう」

まずは正殿に向かおう。侍女たちがいるはずだ。

高流帝の人となりは分かったのだから、やるべきことも見えてくる。

秋鈴妃もかわいらしい人ではあるけれど、麗しさだけが理由で貴妃になったわけではないはずだ。

つまり、秋鈴妃に求められていることは別にある。それが皇帝の真意なのかは分からないが、少なくとも秋鈴妃が他の貴妃と同じことをやっても意味はない。

同じ土俵に立つ必要はない。秋鈴妃にしかできないことはある。そもそも宮殿によって飼育されている獣は違うのだ。その子たちの手を借りれば、自ずと個性は生まれる。白虎宮といえば虎……いや、猫！

「やるぞ！」

意気込んだ羽はすぐに白虎宮の正殿に駆け込み、侍女頭に話をつけた。

本来であれば玄武宮の獣吏が侍女頭に直談判《じかだんぱん》なんてさせてもらえるはずがない。

しかし、雪楼妃の件で後ろめたさがあるのか、わずかに躊躇《ためら》いつつも承諾《しょうだく》してもらえた。

高流帝の従者に話を通すと、すぐに日取りが決まった。

当日は朝から準備に奔走《ほんそう》することになった。

白虎宮の広々とした中庭に大勢の人が出入りする。そこに集められているのは、数え切れないほどの猫だった。

「はーい、こっちでーす」

羽の案内で獣吏たちが猫を運んでくる。晴れた日で良かった。猫を放しておくのだから雨が降れば中止せざるをえない。芝に寝そべる猫たちも居心地が良さそうだった。

「羽さん！」

婉雅が不安そうな顔で殿舎を飛び出してきた。

「考えというのは、これですか？　ただ猫を集めているだけではありませんか！」

「後で説明します。まずは集めるのを手伝ってください」

「何を言っているのですか！　これだけの数の猫を……侍女頭が黙っているかと思えば、こんな企《たくら》みをしていたのですね。毒があるというのに、なぜ侍女頭は許したのですか！」

「大丈夫です。毒には細心の注意を払いますし、獣吏がついていますから。元々、猫を愛《め》でる会は侍女の方が発案したものですし、私はそれをちょっと改良しただけです」

「これのどこがちょっと……！　白虎宮にいる猫をすべて集めるつもりですか!?」

「そうですよ？」

「は、はい？」

羽は婉雅にマタタビを渡した。

近くにいた猫たちがめざとく婉雅の手元に注目する。

「さあ、それを持って猫たちと遊んでいてください。中庭に引き留めておいてもらえればいいので」

「ちょっと……遊んでって……ひゃあああ！」

猫たちがマタタビを持つ婉雅に飛びかかった。

「よしよし、順調！　もっと集めなきゃ」

白虎宮の猫たちは猫用の小屋を中心にして自由気ままに過ごしている。宮殿の境には、天竺葵《てんじくあおい》を植えて猫が外に出ないようになっていた。猫は香りの強い花を嫌うのだ。

今日はそんな猫たちに協力してもらう。

この催《もよお》しは猫が多ければ多いほどいいのだ。

「さあ、猫ちゃんはどこかなぁ。猫ちゃん、猫ちゃ――――ん!?」

猫を探して歩いていると、突然、茂みの中から何かが飛び出してきた。それは顔面に飛びついて離れない。

「何を考えている?」

宇苗が顔面に猫を押しつけていたようだ。

ぷはっ、と猫を剝《は》がして、羽は叫んだ。

「もふもふ祭り!」

「……………はあ」

ほどなくして中庭には白虎宮にいる猫のほとんどが集められた。

これで準備万端。

いつでも高流帝を呼べるので、侍女頭に報告をしに行くと、彼女は血相を変えて羽を探しているところだった。

「羽さん……」

「あ、はい」

「たしかに高流帝をお呼びして猫を愛でていただこうという話でした。ですが、これは……あまりにも多過ぎです!」

もっともな指摘だ。

中庭には白虎宮にいる猫をすべて集めたのだ。見渡す限り、猫、猫、猫……。城下町の雑踏など目ではないくらいに猫がひしめき合っている。世界広しと言えどもこれだけ一所に猫を集めた例など他にないだろう。

「猫は多ければ多いほどいいんです」

胸を張ってみたが、侍女頭は納得がいかないらしい。冷や汗を浮かべて落ち着きがない。

「あなたは事の重大さを分かっているのですか……？　高流帝が白虎宮に通うようになるか否《いな》か、この猫たちにかかっているのですよ！」

「で、でも、承諾してくれたじゃないですか……」

羽は両肩をがっしりと摑《つか》まれ、詰め寄られた。

「何を仰《おつしや》いますか！　こんなに猫を集めるのなら許可しませんでしたよ！　いったい何をするつもりですか？　高流帝が二度と来なくなったらどうするおつもりですか！」

「そんなこと言われましても……」

「すべての責任を負う覚悟ができているんでしょうね！」

目の前で思いっきり怒鳴られてしまう。

責任を負う覚悟……そもそも高流帝を呼ぶために提案しただけなのに。こっちは事件の真相を明らかにするだけで良かったところを善意で協力しているのだ。むしろ感謝してくれたっていい。

……と、猫や獣の評判が落ちそうだったから挽回《ばんかい》するために計画しているという自分の都合は棚《たな》に上げておくとして。

「ああっ、こんなときこそ！」

羽は侍女頭を振り払い――――逃げた。

「ちょっと！　どこへ行くおつもりですか！」

猫たちが集まる芝に飛び込んでマタタビを振り回す。それを合図に寝転んだ羽のもとに猫たちが一斉に集まった。

「はぁ……もふもふ……」

落ち着く。心に平穏がもたらされる。

「いったい何を考えているのですか……」

「大丈夫、きっと上手《うま》くいきますよ。人は猫を愛でれば疲れが吹き飛び、不安な気持ちが和《やわ》らぐんです」

「そんなわけないでしょう！」

「いえいえ。私が育った――――」

慌てて羽は口を閉ざした。

……あぶない。

猫に癒《い》やされすぎて油断していた。危うく里のことを口走ってしまうところだった。

里では疲れて精神的に負荷がかかった時、獣と触れ合うと楽になると言われていた。その中でも猫は特に回復が早いと言われている。原理は分からないが、その教え通りに実践《じっせん》してみると、意外にも楽になることが多かった。

物は試しで猫に囲まれてみてほしいのだが、怒り心頭の侍女頭は話を聞いてくれそうにない。どうしたものか……と悩んでいると、後ろを風が吹き抜けていった。

猫たちの中に秋鈴妃が飛び込んだ。

日頃から猫と遊んでいる秋鈴妃なので、猫たちも見慣れているのだろう。あっという間に秋鈴妃は猫に囲まれてしまった。

「きゃははは！　くすぐったーい！」

「……と、このように幸せな気分になれるのですが……試してみませんか？」

「たかが猫のような獣にそんな効果があるはずないでしょう！　秋鈴様もお召し物が汚れるので――」

「珊娜もおいでよ」

あまりにも幸せそうな笑みを浮かべる秋鈴妃だった。

その顔を見ていれば、怒る気など失せてしまう。侍女頭はため息を吐いた。

「…………ちょっとだけですよ」

高流帝が来るまでの間、侍女や女官たちを集めて猫と触れ合わせた。それでも猫が余るので、獣吏たちも呼んでみると、あっという間に人と猫であふれる空間ができあがった。

いつもなら殺伐《さつばつ》とした空気の白虎宮なのだろうが、ここにそんなものはない。

弱肉強食という掟《おきて》を忘れて獣吏たちは、みな笑顔を浮かべていた。

そして、それは侍女たちも同じだった。

「まあ、かわいい」

侍女頭も羽に言ったことなど忘れて猫にじゃれつかれていた。

誰もが幸福感に包まれているはずのこの場所で、ただ一人、壁の傍で仏頂面《ぶっちょうづら》をしている獣吏がいる。

宇苗は猫を何匹も抱えながら、あぐらをかいて座り、釈然としない様子だった。

「お腹でも痛いの？」

羽が聞いてみると、不機嫌そうに唸《うな》る。

「……まったく、どいつもこいつも」

「相当痛いと見た」

「君は何を企んでいるんだ。猫の癒やし効果なんて、曖昧《あいまい》なもので本当に高流帝の気を引けると思っている？」

「あれ？　宇苗でも知らないんだ」

「僕が何を知らないって？」

「猫との触れ合いは、病気がちだった人を治したり、取り乱す人を落ち着かせる効果もあるんだよ」

獣吏の中でも知識が豊富な宇苗なら知っているものだと思っていた。里の常識は、必ずしも外でも常識だとは限らないらしい。

「……そんな話、僕でも知らない。優秀な獣吏である僕でも、だ。そんな未知の知識、君はいったいどこで身につけたって言うんだ」

里のことを言うわけにはいかない。それでも嘘をつくつもりはない。だから、森の中で過ごした日々を思い出しながら、羽は言う。

「獣と、人とを見て、気づいただけだよ」

「…………人を」

獣にしか興味がない宇苗は知らないかもしれない。宇苗は優秀な獣吏かもしれないが、きっとこれ以上は人と獣を繋《つな》ぐ知識を身につけなければいけないのだ。

「そっか。だけど、君は人を過信しているよ。高流帝のような高貴な人間が、何の疑問もなく猫のような獣と戯《たわむ》れてくれると思うのか」

「大丈夫。高流帝が評判通りの人ならね」

「またそんな曖昧なものに頼る……まあ、いいけど。これで白虎宮がどうなろうが、僕の知ったことじゃない」

「あれ？　平和が一番じゃなかったの？」

「こんなものが、皇帝の望んでいるものだとは思えないね」

「そうだね。秋鈴妃を貴妃にした皇帝の真意は分からないけど……私は、間違ってないと思う」

太陽が真上に昇る。

穏やかな陽気の下、白虎宮は皇帝が訪れるその瞬間を、猫たちと共に待つのだった。

【三】貴妃たるもの

その部屋は独特な香気に満ちていた。

植物や油が発するにおいが混ざり合い、淀《よど》んだ空気が暗い密室に閉じ込められている。部屋の主の病を治すために世界中のありとあらゆる物が持ち込まれたが、いまだにまともな効果を上げられたものは何もない。

両開きの扉が開き、空気は開放された。

「お加減はいかがでしょうか――――陛下」

麒麟宮《きりんきゅう》。

そこは、四聖城《しせいじょう》を統《す》べる皇帝の寝所。

天蓋《てんがい》付きの寝台に山と書物が積まれ、その中心には骨張った手で頁《ページ》を捲《めく》る者がいた。

眼鏡《めがね》の奥は暗く淀んでいる。目の下にはクマがあり、壮健とは言いがたい体調がその細面《ほそおもて》に現れている。寝間着の隙間《すきま》から覗《のぞ》く体は細く、血色もあまり良くはない。

しかし、それだけの状態を以《もっ》てしても彼が纏《まと》う雰囲気《ふんいき》は尋常《じんじょう》ではなく、一目見ただけで畏《おそ》れを抱いてしまうような凄味《すごみ》があった。

彼こそが時の皇帝――――高流帝《こうりゅうてい》である。

「まぁ、だめだったな」

寝台の前の床では、従者が二人倒れていた。

「なっ……陛下の御前、床で寝るとは馬鹿者どもめ……！」

「そう言ってくれるな。この者たちには、睡眠薬の効き目を確かめてもらった」

「……効果は覿面《てきめん》のようですが」

「ああ。しかし、朕《ちん》には効かぬようでな。彼らには悪いことをした」

「おいたわしや……もう三日も眠れずにおられるなんて……」

「いつものことよ」

寝間着を脱いで龍袍《りゅうほう》に着替えていく。

四聖城の龍袍は、かつての皇帝が四神《しじん》の森に遷都《せんと》した時、文様のなかった袍に自然と四神が宿って出来上がったと言われている。玄武《げんぶ》、白虎《びゃっこ》、青龍《せいりゅう》、朱雀《すざく》。代々皇帝が着用する龍袍には、時代と共に形や意匠《いしょう》を変えながらも必ず四神が文様に宿る。

「今日の予定を聞かせてくれ」

「は……本日は白虎宮へ行くと伺《うかが》っております」

「ああ、秋鈴《チュウリン》妃に会う予定だったな」

「なんでも健康を促進する催《もよお》しだそうで……」

「健康とな。それはまた、そそられる」

自身の体に不調がまったくなかった時をもう思い出すことができない。病の一つでも消えてくれるなら上々。治らずとも糾弾《きゅうだん》するつもりはない。この世で最も高貴な男が抱える病だ。そう簡単に消えるものではない。

さあ、準備はできた。

「いざ、白虎宮へ」

宮殿の者たちが総動員で道の脇に並び、頭を下げている。

その真ん中を歩いていくのが高流帝だった。

羽《ユウ》と宇苗《ユーミヤオ》は獣吏《じゅうり》という身分でありながら、今回の催しの責任の一端を担《にな》う獣吏ということで侍《じ》女《じょ》たちの近くに並んでいる。

「クマがあるね」

羽の囁《ささや》く声が高流帝に届くことはないだろう。内壁の傍に立つ二人から高流帝までは、かなり距離がある。

「……この距離で見えるのか？」

宇苗が訝《いぶか》しむように聞いてくる。

目は良い方なので見ようと思えば見えるのだが、今回の場合は見なくても分かる。

「隠してるんだよ。顔料《がんりょう》のにおいがする」

「においか」

「聞いていた通り、不眠症で体調が良くないんだと思う」

「そのわりには……あまり不調を感じさせない足取りだ」

「すごいよね。全然わからない」

歩く所作《しょさ》はもちろん、呼吸の乱れすらない。それを意志の力で抑えているのだとしたら、本当に大した人だ。

高流帝は中庭の景色を一望して目を見開いた。

「ほう……」

この世のものとは思えないほどの数の猫がいるのだ。控えめに驚きを示した後、高流帝は笑みを漏《も》らす。

「極上《ごくじょう》の陽気。天下を寝床にできれば、さぞ気持ちよかろう」

その言葉で侍女頭が気づいた。

猫たちの中に秋鈴妃が寝ていたのだ。

「秋鈴様！」

叫ぶ声で秋鈴妃は飛び起きた。

「へ、陛下！」

すぐに事態を把握《はあく》して、頬《ほお》を染めながらかしこまる。俯《うつむ》き気味に正座をするが、その全身には芝がついていた。

高流帝の歩み寄る姿は雲の上を歩くが如く。猫たちが自然と脇に避け、秋鈴妃まで真っ直ぐに道が延びる。

秋鈴妃の頭に柔らかな手が載せられた。

「ずいぶん待たせた」

慈愛《じあい》に満ちた尊顔《そんがん》は、どれだけの時間が空《あ》いても変わることはなかった。

すとん、とその場に座る。

それが合図だったかのように猫たちが高流帝にすり寄った。

「白虎宮の猫は相変わらずだな」

「はい！」

高流帝と秋鈴妃が並んで猫を愛《め》でる。その光景を誰もが息を呑《の》んで見守っていた。猫に囲まれる高貴な二人の姿は、陽光を浴びてより華々しく輝く。ただ猫を愛でるだけでも、常人とはかくも違うものだ。

侍女頭は目頭《めがしら》を押さえていた。白虎宮の者たちが長く待ち望んだ光景だった。

「すまなかった」

高流帝は絞《しぼ》り出すように言った。

「そなたを貴妃《きひ》という立場に据えたのは私だ。本来であれば、足繁《あししげ》く通うべきなのだが、鏡水《ジンシュイ》のことが気にかかり精神《こころ》が乱れ、体調が崩れてしまった。世継ぎ作りばかりを優先してしまった結果、つらい思いをさせたであろう」

皇帝の言葉を人々は黙して拝聴する。

すべての頂点に立ちながらも、すべてを思いやる心を持つ。故に人心を摑《つか》み、尊《とうと》ばれるのであろう。

「後宮が四つもあるというのに、それを活《い》かせぬ我が身の弱さよ」

その日、高流帝が初めて感情のようなものを見せた。悔《くや》しさが表情に滲《にじ》む。晴天から雨でも降り出しそうなほどに、周囲の空気は沈痛に落ち込んでいく。が、それも皇帝の気分一つで一変する。

「……と、こんな話をしたかったのではない。今日はたっぷり時間があるぞ！　さあ、何をして遊ぼうか」

ぱっ、とにこやかに微笑《ほほえ》みかける。その子どもをあやすような微笑みは、秋鈴妃がずっと幼い頃から見てきたものだった。

崩御《ほうぎょ》した前貴妃のもとに通い詰めた高流帝と、その間で過ごす幼い秋鈴。身寄りがない秋鈴を後宮に招いて住まわせたのが前貴妃だった。秋鈴はずっと周りの人たちから施《ほどこ》しを受けてきた。

高流帝という御方は、身分など気にせず、子どもであるからという理由だけで気さくに接してくれた。それは、自らが貴妃になっても変わらず。

その目は――――子どもを見ている。

秋鈴妃はおずおずと口にする。

「でしたら……猫たちと一緒にお昼寝がしたいです」

「そうか。では、久しぶりに寝かしつけてやろう」

「あ……」

「どうした？」

「えっと……そうじゃなくて……」

違う、寝かしつけてほしいわけじゃない。

たったそれだけのことを伝えるのが秋鈴妃には難しかった。言葉が出てこないまま、引き寄せる高流帝をぐいっと押し返し、秋鈴妃は立ち上がった。

「ごめんなさい！　すぐに戻ります！」

「秋鈴様!?」

侍女の制止も無視して秋鈴は駆け出してしまった。

「も、申し訳ございません……！」

「よいよい。厠《かわや》だろう」

寛大なものだ。高流帝は猫を撫《な》でている。

秋鈴妃の後ろ姿が殿舎の向こうに消えた。それを羽は内壁の傍で見ている。

いくら舞台を整えたとしても、最終的にこの催しが成功に終わるかどうかを左右するのは他ならぬ秋鈴妃だ。戻ってこないことはないだろうが、このままでは万が一ということも起こりうる。

「皇帝を前に逃亡か。こりゃ失敗かな」

煽《あお》るように言う宇苗は、どこか楽しそうだった。

できる限りのことはやってみるか。羽は秋鈴妃の後を追ってみることにする。

「おい、どこに行くんだ」

「ちょっと見てくる」

念のために猫を一匹連れていこう。


殿舎の裏からすすり泣く声が聞こえた。誰何《すいか》せずとも涙の主はわかる。

こんなつもりじゃなかったのに。

ちゃんと言いたかったのに。

どうして……なんで……。

そんな言葉が聞こえてくる。嗚咽《おえつ》混じりだが、秋鈴妃の声だった。

羽は殿舎の角に姿を隠しながら、そーっと抱えた猫を秋鈴妃が見えるように突き出した。

「コンニチハ」

泣き声が止まった。

秋鈴妃からは猫が喋《しゃべ》っているように見えるはず……。

「にゃあぁ！」

緊張が伝わったのか猫が暴れてしまった。

「羽」

「……ばれましたか」

猫を抱え直して秋鈴妃の前に出ていく。涙を拭《ぬぐ》ったせいか、秋鈴妃の目元は赤くなっていた。

「……もう大丈夫だから。あたし、戻るね」

と、少しも大丈夫ではなさそうな姿で言う。

「秋鈴妃はお強いですね」

「……え？」

「辛《つら》いことを一人で抱え込もうとしています。それは、周りを心配させたくないからですよね」

「そんなこと……ない」

「ほら、私のことを思って嘘をつく」

秋鈴妃は、はっ、と息を呑《の》んだ。

「で、でも、強くなんかない。他の貴妃なら私みたいに逃げたりしないもん」

「よかったら、何が辛かったのか教えてくれませんか？」

目線を合わせてしゃがむ。

相手は貴妃という身分だが、まだ年端もいかない少女だ。つい気安くなってしまいそうになる自分を改めて律する。

秋鈴妃は目元を拭った。

その場に座って落ち着いてから口を開く。

「……高流帝が来てくれてね、嬉しかったの。すごく久しぶりに会って……やっと他の貴妃みたいに大人の女性として見てもらえたんだって思った。でも、やっぱり子ども扱いされちゃって……本当はもう一人前の女性ですって言いたかったの！　けど、うまく言えなくて……悔しかったの」

言葉に詰まっていたのは、そういうことだったのだ。

「緊張しましたか？」

秋鈴妃は、ぶん、ぶん、と首を振る。

「貴妃らしい振る舞いが難しかっただけ。だって……失礼があっちゃいけないし、変なこと言って嫌われたくないし……」

それができなかったからこそ悔しさを感じるのだろう。自分が貴妃という立場にいることをこれほどまでに自覚している。見た目は幼いかもしれないが、その身に白虎宮という宮殿を背負っていることを理解しているのだ。

心配は杞憂《きゆう》だったかもしれない。この人なら、何を言わずとも上手《うま》くいっただろう。

だから、羽は後押しできる言葉を探した。

「もふもふ祭りはいかがですか」

「もふもふ祭り？　猫のこと？」

「そうです。もふもふがいっぱいなので、もふもふ祭りです」

秋鈴妃は、ぷふっ、と噴き出してしまう。

「羽って、名前も変だけど、名付けるのも変なのね」

「うっ……そんなことないと思いたいのですが」

「すっごく楽しいよ。気持ちよすぎて、寝ちゃったけど」

「このもふもふ祭りは、他の貴妃にできると思いますか」

「猫は白虎宮にしかいないんじゃないの？」

「そうです。だからこれは、秋鈴妃にしかできないことなんです」

「あたしにしかできないこと……」

「私は他の貴妃についてあまり詳しくありませんが……たとえば、雪楼《シュエロウ》様は優しくて母性のある方です。同じように他の貴妃にも特徴があると聞いています。きっと、みんな違うんだと思います。貴妃らしさ……なんて、そんなものはありません」

「ないの？」

「ないです」

羽は自信を持って断言した。

「高流帝も秋鈴妃のままであってほしいはずです。そうでなければ、秋鈴妃を貴妃にした意味がありません」

「でも……あたしのままって言われても難しい。なんか、緊張してきちゃうし……」

「でしたら――」

羽は抱えている猫の手を借りて、秋鈴妃の頬《ほお》に肉球を押しつけた。

「最終手段。気持ちが落ち着くおまじないです。猫は人の心に安らぎを与えてくれます」

その瞬間、秋鈴妃の体から溶けるように緊張が抜けていった。強《こわ》ばった肩はすとんと落ちて、すっきりとした表情をしている。

「もう一度、頑張ってみる」

その涼やかな横顔は、遠くを見ていた。


いったいいつまで皇帝を放置するつもりだろう。

侍女《じじょ》たちは秋鈴妃が戻ってこないので狼狽《うろた》えている。きっとこのまま白虎宮は地位が落ちていくだろう。そうなればそうなったで、もしかしたら面白いのかもしれないけれど。

宇苗は壁にもたれてあくびをした。

皇帝も暇な人だ。さっさと帰ってしまえばいいのに。

「おぬし」

影と共に声が降ってきた。

いつの間にか目の前には従者を連れた高流帝が立っていた。

「白虎宮の獣吏であろう？」

「その通りでございます」

膝を折り、形式的に頭を下げる。そうしなければ城内では不敬《ふけい》とされる。

「この催《もよお》しの発案はおぬしか？」

「いえ。玄武宮の羽が考えたものです。もふもふ祭りだとか」

「羽……？　変わった名前だな。何者だ？」

「最近なにかと評判の獣吏でございます。皇太子殿下のお気に入りだそうで、鸞宮《らんきゅう》の神獣《しんじゅう》も一夜で手懐けたとか」

高流帝が目を見開く。感情を笑みで覆《おお》い隠す皇帝にとっては、珍しい反応だ。それから口元に笑みを浮かべるが、それは仮面ではなく心底から面白いと思っているようだった。

「ほう……。それは、前代未聞だ」

「私自身は一介《いっかい》の獣吏にすぎません。陛下の耳に届くほどの活躍もできず、己の無力さを日々嘆《なげ》いているところです」

「向上心があるのは良いことだ。これからも人の世のために励《はげ》んでくれ」

……人の世のために、ね。

皇帝のためにとか言ってくれれば、いくらか分かりやすいものを。

「陛下。よろしければ、この下賤《げせん》の身にもお慈悲《じひ》をいただけませんか」

「おい、貴様」

従者が前に出ようとするのを、高流帝は無言で止めた。

「私めの質問にお答えいただきたいのです」

「よかろう。申してみよ」

「……寛大な御心に感謝」

にっ、と口元が持ち上がってしまう。これは、またとない機会だ。獣吏などという最底辺の身分の人間が、この腐った人の世で頂点に立つ皇帝と直接会話をさせてもらえる。こんなことは二度と起こらないだろう。

幸と見るか不幸と見るか。人生で命を賭《と》すべき場面は、こうして突然やってくるわけだ。

宇苗は頭を下げたまま頭の中を言葉にしていく。

「四聖城には、大昔から多くの獣がおります」

「そうだな」

「獣を狭い宮殿に閉じ込め、自由を奪い、その生殺与奪《せいさつよだつ》までも、人間の傲慢《ごうまん》と無意味な伝統で縛《しば》り、これぞ人の世であると高らかに謳《うた》う。ふるい……ふるい、悪習。陛下、お答えいただきたい。いったい、いつまで続けるおつもりか」

顔を上げた瞬間、従者が腰から剣を抜いた。

目にも留まらぬ速さで剣筋が閃《ひらめ》き、空気を切り裂きながら宇苗の首に迫る。

「獣吏ふぜいがよくも抜け抜けと！　なんだ、その無礼な口の利《き》き方は！」

剣先に触れた首筋から血が伝っていた。宇苗はぴくりとも動かず、ただ剣が振るわれるのを見ているだけだった。

「納めよ」

「しかし、陛下……」

「これだけ立派な考えを聞けたのだ。それは、四聖城の隅まで学を身につけた者がいる証《あかし》ではないか。実に喜ばしいことだ」

高流帝は心から言うように微笑を浮かべている。人生で罵倒《ばとう》するような人物は果たして何人いたのか。奇特な人間を前にして、興味深そうに見下ろす。それを寛大と呼ぶか、傲慢と呼ぶか。人の世に照らせばどちらが正しいのだろうか。

「……失礼いたしました」

従者は剣を納めて引き下がった。

「さて、質問に答えよう。伝統として残すこと、変えるべきこと、それは民の声を聞きながら考えているところだ。いきなり変わってしまえば民は迷うからな。おぬしの声も、しかと聞いたぞ」

「さすが、ご寛大であられる」

「褒《ほ》め言葉として受け取っておこう」

「ここで考えなしに私の首を落とせばそこまで。四聖城は変わらず獣が不自由なまま。そんな世であれば、死んだ方がましだと思ったのですが。あなたがそのようなお考えなら、少しは希望を持てそうだ」

「誰にも損のない治世にしたいものだな」

「それが口先だけかどうか、しっかり観ていますよ、民は」

「望むところだ。獣吏、宇苗」

試すようなことを言ったつもりの宇苗だったが、高流帝は口の端を上げるのみで答えた。その時、宇苗は気づいた。試していたつもりが、試されていたのはこちらだったのだ。最初から異端の獣吏がいると知って近づいてきていたのかもしれない。

どう思われただろうか。異端と言えどもこの程度、あるいは、この場で掌握《しょうあく》したつもりでいるのか。

時の皇帝は噂《うわさ》に違《たが》わず食えない人だ。

真っ向勝負では勝てる気がしない。

宇苗は諦念《ていねん》混じりに苦笑するのだった。

「お待たせしました！」

ようやく秋鈴妃が帰ってきた。

走って戻ってくる勢いのまま猫たちの集まる中庭に飛び込むと、すぐに猫にまとわりつかれてしまった。その姿にさすがの高流帝も笑わずにはいられなかった。

「秋鈴妃は元気だな！　どれ、今度こそ……」

「寝かしつけてもらわなくてもいいのです」

「では、遊ぼうか」

「いえ、そうじゃなくて……」

深呼吸をしてから、本当に言いたかったことを口にする。

「一緒に、寝ましょう！」

今度こそ、言えた。

面食らう高流帝だったが、すぐに気持ちを察して穏やかに微笑《ほほえ》む。

「ああ……。そうだな、一緒にな」

二人が芝の上で横になると、風が吹いて陽気を運んだ。

従者や侍女たちが「お召し物が……」と慌てているが、止めに入るには至らない。二人の穏やかな様子を邪魔することが、何よりもの不敬に思えたのだ。

猫たちがゆっくりと歩み寄って丸くなる。

「猫ちゃんは、おひさまのにおいがするんです」

「それは知らなかった」

「試してみてください」

「ああ。いや、しかし……多すぎではないか」

「嫌ですか？」

「……ふむ。なかなかどうして悪くない。猫に囲まれるのも、良いものだな」

他の貴妃が思いつきもしなかった催しだ。高流帝は心ゆくままに堪能《たんのう》する。人の発想や人が人を思う気持ちは、時にどんな宝石よりも美しい。

ああ……たしかにおひさまのにおいがする。

高流帝は満足げに目を閉じた。

周りの人々は固唾《かたず》を呑《の》んで見守っていた。

その中に一人、ようやく獣吏が戻ってくる。今回のもふもふ祭りを発案した他でもない玄武宮の獣吏、羽である。

内壁にもたれて座っている宇苗の横に立つと、呆《あき》れたような目で見られた。

「君はいったい何を吹き込んだんだ」

「猫を押しつけてきただけだよ。あ、血が出てる」

宇苗の首に一筋の血が伝っている。

「気にしなくていい。死にやしないよ」

「傷から毒が入るかも。特に獣と触れ合う人なら、気をつけなきゃ」

「そうなった時は、高流帝に責任を取ってもらうさ」

「えぇ……宇苗の方こそ何をしたの」

「猫を押しつけてみた」

「嘘でしょ。もっとひどいものを押しつけてそう」

けらけらと笑ってごまかす。流血してもいつもの調子でいられるのだから、宇苗の方がよっぽどおかしな人だ。羽は自分のことを棚《たな》に上げてそう思うのだった。

「まあ、僕のことはいいんだよ。結局、もふもふ祭りとやらは失敗だろう。悪いけど、これで高流帝の体調が治るとは思えないな」

「そう？　もちろんすぐには難しいだろうけど、きっかけくらいにはなりそうだよ」

「いったい何を根拠に」

「寝息が、聞こえる」

「…………寝息、だと？　馬鹿な。あの人はクマを隠さなきゃいけないほどの不眠症だぞ」

宇苗は立ち上がって中庭を眺めた。

猫たちが丸くなる中心に二人の高貴な人物がいる。一人は白虎宮の主、秋鈴妃。もう一人は、世を統《す》べる時の皇帝――――高流帝である。

従者はその光景に涙を流し、侍女たちは息を呑む。

「何をしても眠れなかったはずじゃ……」

「不眠の原因は不安定な精神状態からなんだと思う」

「それが、猫のおかげで落ち着いたって言いたいのか」

「うん。でも、猫だけじゃないよ」

秋鈴妃の小さな膝を枕代わりに、眠る高流帝は穏やかだった。何をしても眠れなかったはずだが寝息は深い。安らかな夢の中には、きっと猫たちが訪れることだろう。

秋鈴妃は母性を感じさせるような慈愛《じあい》に満ちた微笑みで高流帝の頭を撫《な》でている。

後宮に序列などというものがあるとしたら。

この日、何かが変わると誰もが確信した。

二人が結ばれた未来を幻に見るような光景が、そこにはあったのだから。


高流帝は麒麟宮に戻ってすぐにまた眠りについたという。どんな薬を試しても眠れなかった皇帝が嘘のように熟睡している姿に、今でも従者たちは驚きを隠しきれないそうだ。

その吉報を伝えるように白いカラスが城に現れたという。

ある者はそれを仙人の使いと言い、ある者は皇帝が呼び寄せた吉兆《きっちょう》が形を成して現れたのだと言った。様々に噂は広まっていたが、誰もが確実に見たとは言い切れず自分の目を信じられないでいる中、城内でただ一人、白いカラスと交流をした者がいる。

玄武宮の獣吏、羽である。

「……そっか、ばあちゃん、元気になったんだ」

白いカラス――想想《シャンシャン》の足には、祖母がよく遊びで編んでいた紐が結ばれていた。代わりに着ている服の端を千切《ちぎ》って括《くく》り付けてやる。

さあ、お行き。

想想は森の奥を目指して飛んでいった。

雪楼妃が食中毒になってしまった件は、悩んだ末に包み隠さず玄武宮の女官長に報告した。犯人は秋鈴妃の侍女《じじょ》、婉雅《ワンヤー》であると。

「そうですか」

女官長は特に驚くこともなく言った。

ネズミを見て激高していた可妍《クウヤン》だから、きっと今回も怒鳴り散らして処罰を求めると思ったのである。

「婉雅はどうなりますか？」

「打ち首でしょうね」

「…………あの、私、嘘つきました。犯人は、その……」

「安心なさい。打ち首にはならないでしょう」

「えっ、なぜです？」

「私は真相を明らかにする必要があると言ったまでです。雪楼様は元々処分を望んではおられなかったでしょう。もちろん、今回の件は雪楼様に報告いたしますが、そもそも婉雅という侍女が気の迷いを起こしたのは、白虎宮の問題があったからですよね。それは、あなたが解決したのではないですか？」

そう言われて唖然《あぜん》としてしまった。

獣を守るためにやったことが、結果的に人も救っていたのだ。

「いや、私はただ獣を……」

「謙遜《けんそん》はいりません。よくやりましたね。獣吏、羽」

まさか正当に評価してもらえるとは。

「あ、ありがとうございます！　つきましては、残飯の量を増やしていただきたく！」

「…………質の方ではなく、量ですか。それくらいなら、料理長に伝えておきましょう」

「やったあ！」

これで明明《メイメイ》も満足してくれることだろう。

無事に報告も済んだので、今日はまだ日も落ちないうちに鸞宮へ向かった。いつもはお世話のために夜だけ顔を合わせる神獣だが、一仕事終えた今日くらいは早く会っても誰からも文句は言われないだろう。

「神獣ちゃーん！」

「まあ、待ちなさい」

弾むような足取りで鸞宮を歩いていると、鏡水に呼び止められた。

「…………鏡水様」

「なぜそんなに嫌そうな顔をする」

「私はこれから神獣のお世話に行くのです」

「仕事熱心には感心するが、たまには私に付き合ってくれてもいいだろう。白虎宮から猫を借りてきたのだ」

「流行に敏感ですね」

「侍女の一推しとあらば、試さぬわけにはいくまい？」

「侍女じゃありませんってば！」

結局、神獣の間に行く手前で止められ、鏡水の執務室に連れていかれてしまった。そこには猫を抱えた浩文《ハオウエン》が待っていた。

「白虎宮で一番大人しい猫だそうです」

「それはいい」

浩文から猫を受け取ると、鏡水はにこにこと椅子《いす》に座った。

にゃあ。

猫が甘えるように鳴いた。

「まだ結果は分からぬが、評判は上々ではないか」

「恐らくですけど、高流帝の不眠症はだいぶ良くなるのでは、と」

「ふむ。猫にそんな効果があったとはな」

「人は愛《め》でるものがあれば気持ちが落ち着くものです」

「どれ、私も愛でさせてもらおう」

「……と言いながら私に手を伸ばすのはなぜですか。やめてください」

「失敗だったか」

当たり前だ。この人はどさくさに紛《まぎ》れて何をしようというのか。

はあ、とわざとらしく大きなため息を吐く。首から上が熱い。それをごまかすためにもひときわ大きく息を吐き出した。

「そんなに嫌がらなくてもいいではないか」

「獣を愛でてください。私ではなく」

「ここで猫を飼えば、獣吏が必要になるな」

「だめです。白虎宮の猫なんですから。私、帰っていいですか」

「悪かった。特に用はないのだが、君も夜の世話の時間までは暇なのだろう？」

「……まあ、そうですけど」

できれば、その暇を神獣と共に過ごしたかった。

しかし、あまり無下《むげ》にするわけにもいかない。相手はこれでも皇太子殿下なのだから。

「あ、そういえば……。高流帝の件、ありがとうございました」

「ああ。伝えた通りの人だっただろう？」

「そうですね。誰にでも分け隔《へだ》てなく接するし、すごく器《うつわ》の大きな御方でした」

「私もそのような人物になりたいものだ」

「……ちょっと、思っていた感じとは違いました」

「と言うと？」

祖母は四聖城のことを『人を特別たらしめる場所』と言っていた。後宮で過ごせば、否《いや》が応《おう》でもそんな空気を感じざるを得なかった。だから、皇帝という人物も傍若無人《ぼうじゃくぶじん》で自らの地位を振りかざすような人だと思っていたのだ。

しかし、そうではなかった。

むしろ自分から特別ではないのだと言いかねないような人だった。

「鏡水様は、特別な生き物っていると思いますか」

「それは、種としての話か、個としての話か」

「わかりません。でも、各宮殿に特色があるように、貴妃にも同じ人はいません。だから、個で見れば人はみな特別なのかもしれません」

「では、種としての話だな」

「……わかりません」

「比較対象は獣か。いや、獣と一括《ひとくく》りにするのはやりすぎか。犬、猫、神獣なんてものもこの世にはいるわけだ。うむ、いるのではないか？」

「え？」

すぐに結論を出されてしまい、羽は面食らった。

「いるだろう。犬と猫が違えば、人はそのどちらとも違う。個が違うように、種だって違うはずだ。だから、みな特別と言えるのではないか？」

「……みな、ですか。でも、だとしたら……」

すべてが特別なら、それは特別ではないとも言えるのではないか。しかし、それを言い出したら個だって同じことになる。雪楼妃も秋鈴妃もそれぞれ特別に見えるのに、わざわざ特別ではないと言いたくない。

「いや、言いたいことは分かる。だが、みな平凡であるよりは聞こえがいいだろう」

「そうですけど」

「急にどうした？」

「……昔、祖母に言われたものですから。この世に特別な生き物はいない、と」

「ふむ。であるなら、考えを変える必要はない」

「ええっ、なぜですか」

「羽は、その祖母を慕《した》っていたのだろう」

「…………はい」

「言葉が違うだけで根底は同じ。大事なのは、自分の心の在り方ではないか。君の祖母のように厳しく自分を律する言葉でもいい。その考え方のおかげで、祖母は君の中で生き続けるだろう」

「…………あの、祖母は死んでおりません」

「なんと」

自分の言い方が悪かったのかもしれない。

途中から何かおかしいと思っていたが、案《あん》の定《じょう》、話は嚙《か》み合っていなかった。

思わずお互いに顔を見合わせて笑い合ってしまった。

「羽、里に帰りたいか？」

里。

鏡水はたしかにそう言った。

森の奥にあるヨト族の里以外にも、この世には多くの里がある。だから、鏡水がヨト族の里を指して言ったとは限らない。

口ごもる羽だったが、答えは既に決まっていた。

「帰りたいとは思いません」

ここには獣がいる。宮廷料理もある。そして、よくしてくれる人たちがいる。学びも多いし、ま
だまだやるべきことは尽きない。

帰るつもりがないのだから、何を以《もっ》て里と口にしたのか深掘りする必要もないだろう。

「私が進言すれば帰れるぞ」

「それでも、帰りません」

「そうか」

「ただ、侍女にもなりませんからね。私は獣吏ですから」

「ああ。分かっているよ」

鏡水は立ち上がり、抱えていた猫を羽に押しつけた。

「白虎宮に返してきてくれ。猫は帰りたいだろうからな」

「…………わかりました」

白虎宮に猫を返してから鸞宮に戻ってくると、執務室に鏡水の姿はなかった。

浩文から「殿下はおやすみになられました」とだけ言われたので、猫を無事に返してきたことを伝えた後、神獣の間に向かう。

その頃には、辺りはすっかり暗くなっていた。

白銀の毛並みに包まれた神獣は、宵闇《よいやみ》を纏《まと》っても美しく輝いている。

寄り添うと、生きている者の温もりを感じた。

この世に特別な生き物はいない。

伝わってくる熱を感じながら目を閉じると、ぼんやりとしたまどろみの中で一つになっているような気がしてくる。
羽は森の奥の故郷に思いを馳《は》せる。
ばあちゃん、私に難しいことは分かりません。
ただ一つだけ。
四聖城はばあちゃんが思っているような場所ではなさそうです。
きっと、人の世も変わっていくのだと思います。
それを私は特別であると言いたいです。
人は美しい。
獣と同じように。

あとがき

この度《たび》は『後宮の獣使い〜獣をモフモフしたいだけなので、皇太子の溺愛は困ります〜』をご購読いただき、まことにありがとうございます。そしてお初にお目にかかります。作者の犬見式《いぬみしき》と申します。

もともと受託で脚本をはじめとした書き物のお仕事をして生きてきたのですが、御縁があって、こうして漫画原作と小説の出版をさせていただけることとなりました。世の中、何があるかわからないものですね。

さて『後宮の獣使い』ですが、こちらの作品はひとえに私の趣味を詰め込んだ作品となっています。

豪華絢爛《ごうかけんらん》たる中華の世界。モフモフな獣たちとの交流。幼く天真爛漫《てんしんらんまん》ながらも大人たちも顔負けの度胸と卓越した知恵で問題を解決していく主人公。歴史が好きで、獣が好きで、ミステリーが好きな私の趣味全部盛りの闇鍋満漢全席《やみなべまんかんぜんせき》——それがこの作品なのです。プロ意識が低くてごめんなさい。趣味を煮詰めた煮物みたいな作品が、どこかの誰かにとっても好きな作品でありますように。

ただただそう願っています。

謝辞《しゃじ》です。

担当編集のT様。未熟な私の原稿に適切な助言をしてくださり、とても感謝しています。主人公の羽《ユウ》のいろいろな顔をもっと見たいという言葉、強く記憶に残っております。読者にもっと羽を好きになってもらうためにはどうすればいいのか、そこに向き合い続ける姿勢はこれまでの私の創作観にはなかったもので、日々勉強させていただいている気持ちです。

イラストレーターの羽公《はこ》様。この度《たび》は素敵な表紙や挿絵を描き下ろしてくださり、ありがとうございました。繊細かつ流麗《りゅうれい》なタッチで描かれる羽や鏡水《ジンシュイ》、神獣《しんじゅう》の姿はとても美しく、神秘的で、額に入れて飾っておきたいと思えるほどでした。もっと羽公様の絵を見たいので、『後宮の獣使い』を長く連載していけるように、どうか売れてくれますようにと神社にお参りに行ってこようと思います。本当に素敵なイラストをありがとうございました。

漫画家のえびど〜様。本作は小説よりも先に漫画の連載から始まりましたが、えびど〜様が描く活《い》き活《い》きとした登場人物たちのおかげで、私も彼女らの姿を見失うことなく、迷うことなく筆を執《と》ることができました。本編での鏡水と羽の掛け合いはもちろんのこと、おまけ漫画やSNSに投稿されているようなちょっとしたシチュエーションを描いたものがどれも愛《いと》おしく、ほっこりとした気持ちにさせられています。漫画の原作脚本のほうもがんばっていく所存ですので、今後とも引き続きどうぞよろしくお願いいたします。

　そして出版に関わってくださったすべての関係者の皆様と、ご購読くださったすべての読者の皆様にも最大の感謝を。

　犬見式は未熟な作家ではありますが、作家としての成長を末永く見守ってくださると嬉しいです。どうか次もまた『後宮の獣使い』のあとがきでお会いできますように。

犬見式

したいだけ
なんです!!
後宮の獣使い
～獣をモフモフしたいだけなので、皇太子の溺愛は困ります～
1
コミックスだけの
描き下ろしオマケ
&
キャラクタープロフィール
も満載!!
コミックス第①巻
【原作】犬見式
【漫画】えびど～
YJ
ヤンジャン
YJC
大好評発売中!!

マンガでもモフモフ
んもーー！かわいいいい！
モフ
モフ
モギュ…
モフ
モフ
獣吏の少女・羽が
策謀うずまく後宮のトラブルを解決!!
宝玉の如き綺麗な瞳…
成り上がり後宮ファンタジー!!
この美男っぷり
どう考えてもやんごとなき身分の男性
!?
後宮の獣使い
～獣をモフモフしたいだけなので、皇太子の溺愛は困ります～
【原作】犬見式 【漫画】えびど
最新話はこちら!!
ニコニコ漫画 水曜日はまったり ダッシュエックスコミック で大好評連載中

Dノベルf

後宮の獣使い
～獣をモフモフしたいだけなので、皇太子の溺愛は困ります～

犬見式

2023年9月10日　第1刷発行

★定価はカバーに表示してあります

発行者　瓶子吉久
発行所　株式会社　集英社
〒101－8050　東京都千代田区一ツ橋2－5－10
03(3230)6229(編集)
03(3230)6393(販売／書店専用)　03(3230)6080(読者係)
印刷所　大日本印刷株式会社

ISBN978-4-08-632014-6　C0093

作品のご感想、ファンレターをお待ちしております。

あて先
〒101－8050　東京都千代田区一ツ橋2－5－10
集英社ダッシュエックスノベルf編集部　気付
犬見式先生／羽公先生